大师家书·致少年

DA SHI JIA SHU ZHI SHAO NIAN

靖亲启

郄亚威 编
锄豆文化 绘

学习方法

现代教育出版社
Modern Education Press

图书在版编目 (CIP) 数据

学习方法 / 郐亚威编；锄豆文化绘. -- 北京：现代教育出版社, 2024.9. -- (大师家书). -- ISBN 978-7-5106-9455-4

Ⅰ. G791-49

中国国家版本馆CIP数据核字第2024QG8725号

书　　名	大师家书·致少年
编　　者	郐亚威
绘　　者	锄豆文化
选题策划	刘　婕　徐　琰
责任编辑	刘　婕
封面设计	王淑聪
出版发行	现代教育出版社　邮编：100120
地　　址	北京市东城区鼓楼外大街26号荣宝大厦3层
电　　话	010-64252230（编辑部）
印　　刷	三河市华骏印务包装有限公司
开　　本	710 mm × 1000 mm　1/16
印　　张	12
字　　数	115千字
版　　次	2024年9月第1版
印　　次	2024年9月第1次印刷
书　　号	ISBN 978-7-5106-9455-4
定　　价	69.80元（全2册）

目录

目录

原来，

傅雷

善良的人运气不会太差。

曾国藩

只要准备好了，哪里都是课堂。

你留心走过的每一步都算数。

左宗棠

坚定原则，守好你的成长底线。

林则徐

找到适合自己的路，坚持走到底。

摩根

他们的教育理念

梁漱溟

把握每一个当下，只管去享受过程。

斩断坏习惯，让心灵焕然一新。

王夫之

朱熹

拿起笔，留住使你智慧的养分。

愿你的努力，成为献给国家的最好礼物。

陶行知

这么先进！

勤奋才是你最宝贵的天赋

勤能补拙，厚积薄发

　　几个月来做翻译巴尔扎克《幻灭》三部曲的准备工作，七百五十余页原文，共有一千一百余生字。发个狠每天温三百至四百生字，大有好处。正如你后悔不早开始把萧（肖）邦的 *Etudes*（《练习曲》）作为每天的日课，我也后悔不早开始记生字的苦功。否则这部书的生字至多只有二三百。倘有钱伯伯那种记忆力，生字可减至数十。天资不足，只能用苦功补足。我虽到了这年纪，身体挺坏，这种苦功还是愿意下的。

傅雷家书

　　今注 任何辉煌的成就，绝非瞬息之间就能够取得，它源于每日持之以恒的勤奋与努力。正如傅雷在信中所说，"天资不足，只能用苦功补足"。只要勤奋不息，即使学得慢一点儿，我们也能在不断的努力和实践中学到更多的知识和技能。

积之道如何，亦唯勤敏悦学而已。举凡切合于政治民生之学，穷原竟委，专心研贯，一事毕，更治一事，如是，则他日出而用世，庶不致折足覆𫗰（sù）之诮（qiào），而愚妄之讥自可免。

大意 积累的方法是什么呢？也就只有勤奋敏捷、喜爱学习罢了。大概凡是贴近国家政治、百姓生活的学问，都要追本溯源、用心钻研透彻，做完一件事，再去做另一件事。像这样做，那么以后走入社会应对事情的话，或许不会遭到因自己的能力不能胜任而导致办不成事情的嘲笑，而那些愚昧狂妄的讥讽之言自然也就能免除了。

胡林翼家书

今注 博学，都是通过日积月累、勤奋努力实现的，没有人能够一蹴而就。如果把玩乐的时间用在学习读书上，那又何愁学不会呢？只要用心地去钻研一门功课，把它钻研透彻，做完这件事，再去做另一件事，长此以往，勤奋不止，还有什么能难得住我们呢？

事事尽从勤里来

世上无难事，只怕有心人

观四弟来信甚详，其发奋自励之志溢于行间；然必欲找馆出外，此何意也？不过谓家塾离家太近，容易耽搁，不如出外较清净耳。然出外从师，则无甚耽搁；若出外教书，其耽搁更甚于家塾矣。且苟能发奋自立，则家塾可读书；即旷野之地、热闹之场，亦可读书，负薪牧豕（shǐ），皆可读书。苟不能发奋自立，则家塾不宜读书，即清净之乡、神仙之境，皆不能读书。何必择地，何必择时，但自问立志之真不真耳。

大意 我看四弟的来信写得很详尽，发愤图强、自我激励的志向流露于字里行间；但一定要出去找学堂，这是什么想法呢？不过是说家里的私塾离家太近了，容易耽误学业，不如外面的学堂清净。然而如果是到外面跟随老师读书，自然不会有什么耽搁；但如果是在外面教书，那耽搁起来可比在家塾里要厉害多了。如果你真能发愤图强，不仅在家里可以读书，在空旷的野外、热闹的场合，也可以读书，甚至背柴放牧时都可以读书。如果你不能发奋自立，那么非但家塾不适合读书，就是清净的地方、神仙居住的环境都不能读书。何必选择地方，何必选择时间，只需要问自己发奋努力的志向是不是真的就可以了。

曾国藩家书

心有所向，
山川河流皆是平地。

今注 只要"立志之真"，无论在何地、何
时都可以读书。出现任何阻挡你学习的理由和借
口，都是因为你的学习志向不够坚定。

心存忧患，稳步向前

尔今年十八岁，齿已渐长，而学业未见其益。陈岱云姻伯之子号杏生者，今年入学，学院批其诗冠通场。渠系戊戌二月所生，比尔仅长一岁，以其无父无母，家渐清贫，遂尔勤苦好学，少年成名。尔幸托祖、父余荫，衣食丰适，宽然无虑，遂尔酣豢 (huàn) 逸乐，不复以读书立身为事。古人云："劳则善心生，佚则淫心生。"孟子曰："生于忧患，死于安乐。"吾虑尔之过于佚也。

大意 你今年十八岁了，已经长大了，但学业却看不出有进步。陈岱云姻伯的儿子叫杏生的，今年上学，学院评定他写的诗是全考场的第一名。他是戊戌年二月出生的，比你仅大一岁。他因没有父母，家境逐渐清贫，因此勤学苦练，少年成名。你有幸得到祖父和父亲的庇护，吃穿不愁，无忧无虑，以致你贪图享乐，不再以读书自立为志向。古人说："勤劳能养成善心，懒惰会滋生淫乐之心。"孟子也说过："常处忧患之中可以使人生存，常处安乐之中可以使人死亡。"我很担心你过于舒适安乐了。

曾国藩家书

今注 当沉溺于玩耍，不想学习时，我们要想到他人已经远远超过我们了；当只想着依靠父母时，我们要想到他人已经在学习能使自己自立于社会的各种本领了。社会在不断发展，知识在不断更新，学无止境，心存忧患意识，才能稳步向前。

人生在勤在谦

家中万事，余俱放心，惟子侄须教一"勤"字一"谦"字。谦者，骄之反也；勤者，逸之反也。"骄、奢、淫、逸"四字，惟首尾二字尤宜切戒！至诸弟中外家居之法，则以"考、宝、早、扫，书、蔬、鱼、猪"八字为本。千万勿忘！

大意 家中的所有事，我都很放心，只是对子侄们须教育一个"勤"字、一个"谦"字。谦虚是骄傲的反面，勤劳是安逸的反面。"骄、奢、淫、逸"四个字，唯有首尾两个字尤其应该警惕。至于弟弟们在内、在外的为人处世之法，就要以"敬奉先人、善待亲邻、早起、打扫，读书、种菜、养鱼、喂猪"八项为根本。千万不要忘记！

曾国藩家书

今注 谦虚使人进步，勤奋使人成才。谦虚的人不妄自尊大，善于主动向人请教、征求意见，怀有强烈的进取意识和坚韧的毅力；勤劳的人积极昂扬、坚定勇敢、诚恳务实。人生在世，没有什么困难是谦虚和勤奋克服不了的。

不择细流
方能成大海

虚心请教，必有收获

像你这样的年龄与经验，随时随地吸收别人的意见非常重要。经常请教前辈更是必需。你敏感得很，准会很快领会到那位前辈的特色与专长，尽量汲取——不到汲取完了决不轻易调换老师。

傅雷家书

今注 傅雷建议儿子要随时随地吸收别人的意见，因为"三人行，必有我师焉"。每个人的身上都有值得我们学习的地方，虚心向他人请教，不断完善自己，你就会收获更多。

三人行，必有我师焉。

弯腰是一种优雅，
谦虚是一种态度。

以开放的态度来治学

有一点，你得时时刻刻记住：你对音乐的理解，十分之九是凭你的审美直觉；虽则靠了你的天赋与民族传统，这直觉大半是准确的，但究竟那是西洋的东西，除了直觉以外，仍需要理论方面的，逻辑方面的，史的发展方面的知识来充实；即使是你的直觉，也还要那些学识来加以证实，自己才能放心。所以便是以口味而论觉得格格不入的说法，也得采取保留态度，细细想一想，多辨别几时，再作断语。这不但对音乐为然，治一切学问都要有这个态度。所谓冷静、客观、谦虚，就是指这种实际的态度。

傅雷家书

> **今注** 冷静、客观、谦虚都是开放的态度。无论是追求艺术还是其他事业，都需要有这样开放的态度，做事最忌讳的就是自以为是、目空一切。对于自己认知以外的事物或自己能力不及的事，要保持开放的态度，认真思考他人提供的建议，虚心学习，以便拓展自己的视野。

谦虚谨慎可承载幸福

腊底由九弟处寄到弟信，具悉一切。弟于世事阅历渐深，而信中不免有一种骄气。天地间惟谦谨是载福之道。骄则满，满则倾矣。凡动口动笔，厌人之俗，嫌人之鄙，议人之短，发人之覆，皆骄也。无论所指未必果当，即使一一切当，已为天道所不许。

大意 腊月底收到了你从九弟那里寄来的信，知道了一切。弟弟对于处事的阅历逐渐增加了，但信中不免透着一股骄傲之气。天地之间，只有谦虚谨慎才能承载幸福。一骄傲就容易自满，一自满就容易倾覆。无论是动口还是动笔，讨厌别人俗气，嫌弃别人粗鄙，议论别人的短处，揭露别人的隐私，都是骄傲的表现。无论你说的对与错，即便一一恰当，也是天理所不允许的。

曾国藩家书

今注 傲气会蒙蔽我们的双眼，让我们误以为自己无所不能；谦虚则会拨开迷雾，帮助我们规范自己的言行。谦虚是不故步自封，积极接受他人的新观点和经验；谨慎是在学习中精益求精，不盲目、不草率。谦虚、谨慎才能促使我们不断进步，让我们感到幸福。

太过傲气，有损长进

吾人为学，最要虚心。尝见朋友中有美材者，往往恃才傲物，动谓人不如己，见乡墨则骂乡墨不通，见会墨则骂会墨不通，既骂房官，又骂主考，未入学者，则骂学院。平心而论，己之所为诗文，实亦无胜人之处；不特无胜人之处，而且有不堪对人之处。只为不肯反求诸己，便都见得人家不是。既骂考官，又骂同考而先得者。傲气既长，终不进功，所以潦倒一生而无寸进也。

大意 我们做学问的，虚心最重要。我曾见过朋友中有才华的人，往往依仗自己有才华，瞧不起别人，动不动就说别人不如自己。见了乡试录取的人的答卷就骂他们的答卷文理不通，见了会试录取的人的答卷也骂他们的答卷文理不通。不仅骂房官，还骂主考。没被录取入学，就骂学院。平心静气来讲，他所做的诗文，也实在没有过人之处；不仅没有过人之处，还有见不得人的地方。只因他自己不肯反思自己的问题，就说别人一无是处。既骂考官，又骂一起考试却比他先被录取的人。傲气既已助长，终究不能进步，所以只能潦倒一生，没有任何长进。

曾国藩家书

今注 曾国藩强调，做学问最重要的是有虚心的态度，不要自以为是，多看看别人的长处，反思自己的不足。一味地抱怨只会增加怨气，不如化怨气为动力，让自己更上一层楼。

抛弃傲与惰，常存谦与勤

尔在外以"谦""谨"二字为主。世家子弟，门第过盛，万目所属。临行时教以"三戒"之首末二条及力去"傲""惰"二弊，当已牢记之矣。

大意 你出门在外，要以"谦""谨"二字为主。世家子弟，门第太兴盛，是众人瞩目的焦点。你临行时，我拿"三戒"的"第一""第三"两条教育过你，还有就是努力克服"傲慢""懒惰"这两种毛病，你一定要牢牢记住。

曾国藩家书

今注 傲慢是谦虚的反面。与人交往时，保持谦虚的态度更容易赢得别人的尊重和喜爱。每个人都有自己擅长的方面和力不能及的地方，与他人互相帮助，取长补短，不仅能够使事情进行得更加顺利，也会使人际关系变得更为融洽。

第3课 专注是最好的捷径

专注于自己喜欢的事

夫学贵专门，识须坚定，皆是卓然自立，不可稍有游移者也。至功力所施，须与精神意趣相为浃（jiā）洽，所谓乐则生，不乐则不生也。

大意 学习贵在专一，意识必须坚定，这些都是卓然自立的重要条件，不可以有丝毫的游移不定。至于功力用在什么地方，必须与自己的精神志趣相协调。这就是人们所说的，做自己感兴趣的事就容易成功，做自己不感兴趣的事就不易成功。

章学诚家书

今注 兴趣在哪里，时间就会花在哪里。求学最要紧的是专注，坚定志向，把精力用在自己感兴趣的方面，专心致志，持之以恒，就没有做不好的道理。

安静的环境利于专注

环境安静对你的精神最要紧。做事要科学化，要彻底！我恨不得在你身边，帮你解决并安排一切物质生活，让你安心学习，节省你的精力与时间，使你在外能够事半功倍，多学些东西，多把心思花在艺术的推敲与思索上去。一个艺术家若能很科学的（地）处理日常生活，他对他人的贡献一定更大！

傅雷家书

今注 在宁静的环境中，我们更容易集中精力学习，从而提高学习效率。因此，我们在学习时，应当尽量选择安静、独立的空间，避免周围环境对自己产生干扰。比如尽量避开嘈杂的环境，选择一段无人打扰的时间。

一次做好一件事

记得你在波兰时期，来信说过艺术家需要有 single-mindedness（一心一意），分出一部分时间关心别的东西，追求艺术就短少了这部分时间。当时你的话是特别针对某个问题而说的。我很了解（根据切身经验），严格钻研一门学术必须整个儿投身进去。艺术——尤其音乐，反映现实是非常间接的，思想感情必须转化为 emotion（感情）才能在声音中表达，而这一段酝酿过程，时间就很长；一受外界打扰，酝酿过程即会延长，或竟中断。音乐家特别需要集中 [即所谓 single-mindedness（一心一意）]，原因即在于此。因为音乐是时间的艺术，表达的又是流动性最大的 emotion，往往稍纵即逝。

傅雷家书

今注 傅雷在家书中说，音乐家特别需要集中精力。实际上，无论做任何事，学哪门功课，都需要集中精力。只有专注于当前的任务，我们才能更快速、更高效地完成它。如果我们总是心不在焉，比如在写作业的时候想着看电视，在上课的时候想着出去玩儿，那么就很难踏实学习，更不用说取得进步了。

专注一个领域深耕细作

　　尔三月之信，所定功课太多。多则必不能专，万万不可。后信言已向陈季牧借《史记》，此不可不熟看之书。尔既看《史记》，则断不可看他书。功课无一定呆法，但须专耳。余从前教诸弟，常限以功课，近来觉限人以课程，往往强人以所难，苟其不愿，虽日日遵照限程，亦复无益。故近来教弟，但有一"专"字耳。

大意 你在三月份的来信中所定的功课太多，多了就不能专注，这万万不可。后一封信中说你已向陈季牧借了《史记》，这是不可不熟读的书。你既然在看《史记》，则绝不可同时看其他书。功课没有固定的方法，但必须专一。我从前教各位弟弟，常限定功课，近来觉得限定别人学什么课程，往往是强人所难，如果别人不情愿，即使天天遵照规定的课程学，也没有什么好处。所以近来教弟弟们，只强调一个"专"字。

曾国藩家书

今注 "多则必不能专，万万不可。"曾国藩在家书中提醒弟弟学习应当专一，不宜贪多。就像我们报兴趣班一样，也不宜贪多，应在自己的能力范围内，先选择一个真正感兴趣的领域，专心地投入，等学会了一门，再去学另一门，逐步拓宽学习领域，稳步前进。

专注才能精进

书虽不可不看，弟此时以营务为重，则不宜常看书。凡人为一事，以专而精，以纷而散。荀子称"耳不两听而聪，目不两视而明"，庄子称"用志不纷，乃凝于神"，皆至言也。

大意 书虽然不能不看，但是弟弟现在应该以军务为重，不适合常常看书。一个人做一件事，因为专注而精进，因为纷扰而散乱。荀子曾说"耳朵因不听两个声音而听得清，眼睛因不看两处而看得明白"，庄子曾说"心志不纷乱，精神才能专注"，这些都是至理名言。

曾国藩家书

今注 我们应该致力于让手中做的每件事情都取得实实在在的成果，避免成为那种看似样样精通，实则无一精通的人。专注于一个目标，能使我们达到最佳状态，从而我们能够全神贯注于手中的事情。一心一意地做好一件事，远比草率地做一百件事来得更有意义。

真正厉害的人，
都是长期主义者

成功之路最需坚持到底

要积蓄一笔资金，需要长久的时间，但是要将这笔钱花掉，却只需一眨眼的工夫。即使有一条只能赚入 1 美元的门路，你必须脚踏实地、按部就班地进行，千万不要投机取巧，另辟捷径。要知道，通往成功之路非常之少，而且每条路都相隔甚远，你一旦觅得了其中一条，就必须站稳脚跟，坚持到底。有不少这样的例子，当人们从某一项事业中赚取了利益时，就得意忘形，自以为是天才，想要再开创另一番事业，于是远离了当初致富的途径，终至把以前积存下来的产业都赔了进去。这些人失败的原因就在于误以为自己能够点石成金，移山填海。

摩根家书

今注 这里摩根跟儿子讲的是如何赚钱的问题。一旦找到一种正确方法，一定要坚持不懈，而不是朝三暮四。要知道，每个人穷其一生做好一件事情已经实属不易。如果找到了那条自己擅长并且正确的道路，我们一定要持之以恒，坚持到底。

纪泽看《汉书》，须以勤敏行之。每日至少亦须看二十页，不必惑于"在精不在多"之说。今日半页，明日数页，又明日耽搁间断，或数年而不能毕一部。如煮饭然，歇火则冷，小火则不熟，须用大柴大火乃易成也。甲五经书已读毕否？须速点速读，不必一一求熟。恐因求"熟"之一字，而终身未能读完经书。吾乡子弟未读完经书者甚多，此后当力戒之。

大意 纪泽看《汉书》，应当既勤奋又快速。每天至少要看二十页，不必困惑于"在精不在多"的说法。今天读半页，明天读几页，再过几日又耽搁间断，或几年也不能读完一本书。就像煮饭一样，火没了饭就冷了，用小火饭不熟，必须用大柴大火煮才成。甲五的经书已经读完了吗？应该快速圈点读完，不必求"熟"。就怕为了求"熟"这一个字，一辈子都读不完。我们同乡的子弟中，没有读完经书的人太多，以后要努力戒掉这个不好的习惯。

曾国藩家书

今注 曾国藩强调，读书不仅要持之以恒，还要确保有一定的阅读量，既勤奋又快速，这样才能取得长久的进步。因此，我们要把握好读书的节奏，每天既要保证有一定的阅读量，又要持久地读下去，这样才能在知识的海洋中不断前行。

志当存高远，恒则万事成

盖士人读书，第一要有志，第二要有识，第三要有恒。有志则断不甘为下流。有识则知学问无尽，不敢以一得自足，如河伯之观海，如井蛙之窥天，皆无识者也。有恒则断无不成之事。此三者缺一不可。诸弟此时惟有识不可以骤几，至于有志、有恒，则诸弟勉之而已。

大意 士人读书，第一要有志向，第二要有见识，第三要有恒心。有志向则一定不甘于平庸。有见识则知道学海无边，不敢稍有心得就自满自足，像河伯观海、井底之蛙观天，都是没有见识的。有恒心则断然没有办不成的事。这三者缺一不可。各位弟弟，现在就想有见识不是一下能达到的，至于有志向、有恒心，就靠各位弟弟自我勉励了。

曾国藩家书

今注 读书求学者，首先一定要有明确的学习方向，为自己设下小目标，然后坚持不懈地做下去，一定能有所成效。比如决心提高阅读水平，那就严格规定每天阅读多长时间，坚持打卡。若是三天打鱼，两天晒网，一定是什么事都做不成的。

有恒心者，事竟成

　　来书谓"意趣不在此，则兴会索然"。此却大不可。凡人作一事，便须全副精神注在此一事，首尾不懈，不可见异思迁，做这样，想那样；坐这山，望那山。人而无恒，终身一无所成。我生平坐犯无恒的弊病，实在受害不小。当翰林时，应留心诗字，则好涉猎它书，以纷其志。读性理书时，则杂以诗文各集，以歧其趋。在六部时，又不甚实力讲求公事。在外带兵，又不能竭力专治军事，或读书写字以乱其志意。坐是垂老而百无一成。

　　大意 你来信中说"自己的兴趣不在这里，因此做事索然无味"。这可万万不行啊。人做一件事，都要集中精神，自始至终不松懈，不能见到不一样的就换了想法：做着这件事，想着那件事；坐在这座山上，望着那座山。如果人没有恒心，那一辈子都不会有所成就。我这一生就犯了没有恒心的毛病，实在受害不小。当翰林时，我本应该留心诗文和书法，却喜欢看其他的书，分散了心志。读性理方面的书

时，又杂览各种诗文，导致学习的方向不集中。在六部做官时，我办公事又不太务实。在外带兵，我又没有竭尽全力专心处理军务，有时因读书写字乱了意志。正因如此，等到人老了却发现一事无成。

—— 曾国藩家书

今注 做事要有恒心，认准一件事，要有始有终地努力去做。一定不要想着中途放弃，唯有有恒心者，才能实现理想。

认准一件事，就要有始有终地去做。

有恒心者，早下功夫

近年在军中阅书，稍觉有恒，然已晚矣。故望尔等于少壮时，即从"有恒"二字痛下工夫。然须有情韵趣味，养得生机盎然，乃可历久不衰。若拘苦疲困，则不能真有恒也。

大意 近年来在军营里读书，稍觉有些恒心了，但是已经晚了。所以希望你们在年轻时，就从"有恒"二字上痛下功夫。但读书也要有情韵和趣味，养得内心生机盎然，才可以坚持很长时间而不放弃。如果只是勉强刻苦而身心俱疲，就不能真正做到读书有恒。

曾国藩家书

今注 曾国藩在这封家书中说自己稍微感到有些恒心时，已经为时已晚。这告诉我们，好习惯和好行为应当及早培养，尤其像"有恒"这种品质，更应该早早下苦功练习。做任何事都需要坚持不懈，还要有足够的兴致缓解身心的疲劳，这样才能走得更远。

万事需从"有恒"入手

余生平坐无恒之弊，万事无成，德无成，业无成，已可深耻矣。逮办理军事，自矢靡他，中间本志变化，尤无恒之大者，用为内耻。尔欲稍有成就，须从"有恒"二字下手。

大意 我这一生的缺点就是没恒心，因此万事无成，道德方面没有成就，学问事业也没有成就，已经是很大的耻辱了。直到操办军机事务，自己发誓再无二心，中间读书做学问的志向发生变化，这是最没有恒心的，内心更感耻辱。你想要稍稍有所成就，必须从"有恒"两字下手。

曾国藩家书

今注 一件事情，成功和失败也许只差了一小步。有时多坚持一秒钟，多迈出一步，就决定了最后的胜利。做事情，如果知道自己所求为何物，那么一定要敦促自己坚定不移地去做，直至取得成功。

25

读书贵在坚持

侄辈读书虽鲜进步，然读书一事，本贵恒而贱骤，如能孜孜矻（kū）矻，日知其所亡，月无忘其所能，则久久自有成效，否则一暴而十寒，进锐而退速，反不能造就高深。故兄意如侄辈能缓进，已属可喜，正不必期望太奢也。

大意 几个侄儿虽然在读书上取得的进步很小，但是读书这件事，本来就是贵在坚持，最怕间断。如果能够做到坚持不懈、吃苦耐劳，每天都知道自己该怎样度过，每个月都不会忘记自己所能做的事情，那么时间长了自然会看到成效。如果不这样做，时而勤奋时而懒惰，那么进步快退步也快，反而不能拥有高深的学问。因此，如果侄儿们能慢慢地进步，也是一件值得高兴的事情，完全没有必要有太多的期望。

胡林翼家书

今注 有时，所谓充实的人生不过是找到一件正确的事情，然后坚持到底。上学一日要有一日的收获，听一节课要有一节课的所得，这样坚持下去就会大有裨益。凡事只要持之以恒地努力，必日有所进。

规划人生，成就未来

有规划地做事更有成效

练琴的时间必须正常化，不能少，也不能多；多了整个的人疲倦之极，只会有坏结果。要练琴时间正常，必须日常生活科学化，计划化，纪律化！假定有事出门，回来的时间必须预先肯定，在外面也切勿难为情，被人家随便多留，才能不打乱事先定好的日程。

傅雷家书

今注 傅雷在教导儿子练琴时强调了制订计划的重要性，这同样适用于我们的学习。我们应制订一份详细的学习计划，明确规定每天学习的科目、专题和时间，以及要坚持的天数和要达成的目标。一旦养成按计划表执行的习惯，你会发现学习效率在不知不觉中就得到了提高。

凡成事者必有周密规划

古之成大事者，规模远大与综理密微，二者阙一不可。弟之综理密微，精力较胜于我。军中器械，其略精者，宜另立一簿，亲自记注，择人而授之。古人以铠仗鲜明为威敌之要务，恒以取胜。刘峙衡于火器亦勤于修整，刀矛则全不讲究。余曾派褚景昌赴河南采买白蜡杆子，又办腰刀分赏各将弁（biàn），人颇爱重。弟试留心此事，亦综理之一端也。

大意 古代成就大事业的人，目光远大和考虑细密，二者缺一不可。弟弟你考虑周密，精神和能力都比我更强一些。对于军中的刀具枪械之类，稍稍精良一些的，要另外建一个账簿，亲自记录注明，并选择合适的人，交付给他们使用。古人打仗，以盔甲鲜明、刀枪锋利为威慑敌人的第一要务，并总是凭此取得胜利。刘峙衡经常修整火器，对于刀矛却完全不讲究。我曾经派褚景昌去河南采买白蜡杆子，又买腰刀分赏给将士们，他们都很喜爱、重视。弟弟可以留心此事，这也是考虑周密的一方面。

———— 曾国藩家书

今注 凡成大事者，必从大处着眼，小处着手。周密的计划能够帮助我们弥补细节的不足，进而保证整个计划顺利进行。

没有规划的速学，不是好办法

我特意跟你提，为的是要你别把俄文学习弄成"突击式"。一个半月之间念完文法，这是强记，决不能消化，而且过了一晌大半会忘了的。我认为目前主要是抓住俄文的要点，学得慢一些，但所学的必须牢记，这样才能基础扎实。贪多务得是没用的，反而影响钢琴业务，甚至使你身心困顿，一空下来即昏昏欲睡。这问题希望你自己细细想一想，想通了，就得下决心更改方法，与俄文老师细细商量。一切学问没有速成的，尤其是语言。倘若你目前停止上新课，把已学的从头温一遍，我敢断言，你会发觉有许多已经完全忘了。

傅雷家书

今注 学习需要一个系统而完整的计划，应避免贪多嚼不烂或搞突击。我们应该制订详细的学习计划，设立明确的阶段性目标，并合理安排时间。一切学问都不是速成的，通过逐步完成计划中的任务，我们才能更好地掌握知识，提高学习效率。

做事最忌一团乱麻

其次，你对时间的安排，学业的安排，轻重的看法，缓急的分别，还不能有清楚明确的认识与实践。这是我为你最操心的。因为你的生活将来要和我一样的忙，也许更忙。不能充分掌握时间与区别事情的缓急先后，你的一切都会打折扣。所以有关这些方面的问题，不但希望你多听听我的意见，更要自己多想想，想过以后立刻想办法实行，应改的应调整的都应当立刻改，立刻调整，不以任何理由耽搁。

傅雷家书

今注 先用大部分的时间完成重要和紧急的任务，再用剩下的时间完成相对不重要和不紧急的任务。合理分配时间，做好学业规划，效率才会大大提升。

学习有法，成功有道

日有所记，日有所得

日间思索有疑，用册子随手札记，候见质问，不得放过。所闻诲语，归安下处，思省切要之言，逐日札记，归日要看。见好文字，录取归来。

大意 平时学习思考时遇到疑难问题，要用随身带的小本子记录下来，等见到老师的时候询问答案，不能错过和忘记。凡是听到的教诲，回到自己的住处后，要仔细思量其中重要的地方，并每天做好笔记，回来后我要检查。见到优美的文辞，也要记录下来。

朱熹家书

今注 学习就是这样，有疑问的地方一定要弄清楚，不留任何的模糊地带。记录值得积累的好词好句，记录掌握不牢固的知识，记录老师给我们答疑解惑的知识点，等等。好脑筋不如勤记录、勤温习，如此才能日有所获。

目标不变，方法可以选择

　　学以致道，犹荷担以趋远程也，数休其力而屡易其肩，然后力有余而程可致也。攻习之余，必静思以求其天倪，数休其力之谓也；求于制数，更端而究于文辞，反覆而穷于义理，循环不已，终期有得，屡易其肩之谓也。夫一尺之捶，日取其半，则终身用之不穷。专意一节，无所变计，趣固易穷，而力亦易见绌也。但功力屡变无方，而学识须坚定不易，亦犹行远路者，施折唯其所便，而所至之方，则未出门而先定者矣。

　　`大意` 学习就像挑着担子走远路，只有多次休息并不停改换肩膀，才有足够的力气到达终点。学习之余静心思考自然之理，这相当于途中休息；研习算术时换成研究文辞，再去讲求经义与道理，这样循环不停，最终一定会有所收获，这相当于不断换肩。一尺长的木棍，每天截取它的一半，一生也截不完，但长时间专心一个方面，方法没有变化，兴趣就容易枯竭，精力自然也会不足。虽然方法可以不断变化，但学习的意志一定要坚定，就像走远路的人，虽走路的方式由自己决定，但方向一定在出门之前就已经确定。

章学诚家书

　　`今注` 学习目标一旦定下，就不要轻易改变，只需选择恰当的学习方法，比如合理安排时间、劳逸结合等，坚定地朝着学习目标去努力，才能如愿。

读书就要手到、心到

"口不绝吟于六艺之文，手不停披于百家之篇；纪事者必提其要，纂言者必钩其玄……"此文公自言读书事也。其要诀却在"纪事""纂言"两句。凡书，目过口过，总不如手过，盖手动则心必随之，虽览诵二十遍，不如抄撮一次之功多也。况必提其要，则阅事不容不详；必钩其玄，则思理不容不精。若此中更能考究同异，剖断是非，而自纪所疑，附以辨论，则浚心愈深，着心愈牢矣。

大意 "口中不停地诵读六经中的文章，手中不停地翻阅诸子百家的文章；对史书类典籍必定总结掌握其纲要，对论说类典籍必定探寻其深奥的含义。……"这是韩愈说他自己读书时候的事。主要秘诀还在于"纪事""纂言"两句。凡是读书，看和读总比不上写。大概是因为抄写的时候才能全神贯注。即使诵读二十遍也不如抄写一遍。况且要总结、掌握文章纲要，阅读就不能不详细；要探寻典籍中深奥的含义，思考就不能不精深。如果与此同时能区分异同，分析判断对错，记录自己有疑问的地方，并加以辨析、论证，那么你越用心钻研，就记得越牢固。

李光地家书

今注 读书要善于抓住文章的主要观点与关键线索，明确文章主旨；要善于抄写记录。如此读书才更专注，理解才更深入，更容易事半功倍。

少壮须努力

近日身体略好。惟回思历年在外办事，愆(qiān)咎甚多，内省增疚。饮食起居一切如常，无劳廑(qín)虑。今年若能为母亲大人另觅一善地，教子侄略有长进，则此中豁然畅适矣。弟年纪较轻，精力略胜于我，此际正宜提起全力，早夜整刷。昔贤谓"宜用猛火煮、慢火温"，弟今正用猛火之时也。

大意 近日身体稍微好一些，只是回想起历年在外面办的事，过错和内疚的事很多，自我反省时倍感愧疚。我现在饮食起居一切如常，不劳挂念。今年如果能为母亲另外找一块宝地，能教导子侄稍微有所长进，我的心中就畅快了。弟弟年纪比较小，精力比我好，这个时候最适合全力以赴，日夜整顿精神。圣贤曾经说过，"做事业如同煮肉，应该用猛火来煮，用慢火来温"，弟弟现在正是用猛火的时候。

曾国藩家书

今注 学习就是在状态好的时候全力以赴，正如曾国藩在家书中所说"宜用猛火煮、慢火温"。人在风华正茂、精力旺盛时，应充分地利用时间来提升自己。这样才不至于到老年回忆过去时感到后悔和内疚。

敢于突破，才能成为引领者

从创新中获得乐趣

你的艺术需要时时刻刻的创造，便是领会原作的精神也得从多方面（音乐以外的感受）去探讨：正因为过去的大师就是从大自然，从人生各方面的材料中"泡"出来的，把一切现实升华为 emotion（感情）与 sentiment（情操），所以表达他们的作品也得走同样的路。这些理论你未始不知道，但似乎并未深信到身体力行的程度。

傅雷家书

今注 傅雷在信中提醒儿子，创作需要先从多个方面汲取养分，再发挥自己的创造，就像那些大师们创作艺术作品一样。不仅是艺术，其他方面也是如此。拥有了宽广的视野之后，创新的灵感便会如期而至。

日日有创新者，日日有进步

认真的人很少会满意自己的成绩，我的主要苦闷即在于此。所不同的，你是天天在变，能变出新体会、新境界、新表演，我则是眼光不断提高而能力始终停滞在老地方。每次听你的唱片总心上想：不知他现在弹这个曲子又是怎么一个样子了。

傅雷家书

今注 孩子最大的优势是还没被太多的条条框框束缚。无论在成长中遇到怎样的事情，我们都应该保持创新的勇气。不要怕在创新的时候犯错，有时错误反而能带来出乎意料的惊喜。

只有创新才能引领

可叹学问和感受和心灵往往碰不到一起，感受和心灵也往往不与学问合流。要不然人类的文化还可大大的进一步呢！巴托克听了伊虚提演奏他的《小提琴协奏曲》后说："我本以为这样的表达只能在作曲家死了长久以后才可能。"可见了解同时代的人推陈出新的创造的确不是件容易的事。

傅雷家书

今注 很多创新在开始的时候都是不被理解的，甚至是被反对和打击的对象。在众人同属一个时代的情况下，推陈出新不仅需要有创意，也需要很大的勇气。模仿和学习很容易，但是只有敢于突破和创新的人才能成为引领者。

创新和突破
勿停在表面

我对你这次来信还有一个很深的感想，便是你的感觉性极强、极快。这是你的特长，也是你的缺点。你去年一到波兰，弹 Chopin[萧（肖）邦]的 style（风格）立刻变了；回国后却保持不住；这一回一到波兰又变了。这证明你的感受力极快。但是天下事有利必有弊，有长必有短，往往感受快的，不能沉浸得深，不能保持得久。去年时期短促，固然不足为定论。但你至少得承认，你的不容易"牢固执著（着）"是事实。我现在特别提醒你，希望你时时警惕，对于你新感受的东西不要让它浮在感受的表面；而要仔细分析，究竟新感受的东西和你原来的观念、情绪、表达方式有何不同。这是需要冷静而强有力的智力，才能分析清楚的。希望你常常用这个步骤来"巩固"你很快得来的新东西（不管是技术是表达）。长此做去，不但你的演奏风格可以趋于稳定、成熟（当然所谓稳定不是刻板化、公式化），而且你一般的智力也可大大提高，受到锻炼。孩子，记住这些！深深地记住！还要实地做去！这些话我相信只有我能告诉你。

傅雷家书

今注 有时候，我们的特长也会成为我们的不足。比如善于创新却无法深入研究，就会变成不稳定。只有在保持创新性的同时，自己还能够将新东西巩固下来，才能持久地成长和进步。

打破常规，需要讲究方法

　　四川菜园极大，沟浍（kuài）终岁引水长流，颇得古人井田遗法。吾乡一家园土有限，断无横沟，而直沟则不可少。吾乡老农虽不甚精，犹颇认真，老圃则全不讲究。我家开此风气，将来荒山旷土，尽可开垦种百谷杂蔬之类。如种茶，亦获利极大。吾乡无人试行，吾家若有山地，可试种之。

　　大意 四川的菜园极大，沟渠终年引水长流，很符合古人的井田制。我们家乡的菜园土地有限，没有横沟，但直沟可不少。我们家乡的老农，虽然技艺不是很精湛，但很认真，老菜农就全不讲究方法了。我们家要开创这种风气，将来荒山空土，都开垦出来，种上粮食蔬菜。比如种茶，获利也很大，我们家乡又没有人试种，我家如有山地，可以尝试种植。

曾国藩家书

　　今注 曾国藩在这封家书里，将四川的菜园与他家乡的菜园作了对比。他希望家里人能够讲究方法，开创风气，开荒种粮，还提议在家乡试种茶叶。学习如同种菜，要找到适合自己的方法，多学习他人之长，敢于打破常规，探索发现新事物。

找到新路径，迎接新收获。

第8课 每日一小步，成就非凡的自己

真正的高手都是行动派

缺乏行动的人都有一个坏习惯：喜欢维持现状，拒绝改变。我认为这是一种深具欺骗和自我毁灭效果的坏习惯，因为一切都在变化之中，正如人由生到死一样。世界上没有不变的事物。但因内心的恐惧——对未知的恐惧，很多人抗拒改变，哪怕现状多么不令他满意，他都不敢向前跨出一步。看看那些本该事业有成，结果却一事无成的人，你就知道不同情他们是件很难的事。……是的，每个人在决定一件大事时，心里或多或少都会有些担心、恐惧，都会面对到底要不要做的困扰。但"行动派"会用决心燃起心灵的火花，想出各种办法来完成他们的心愿，更有勇气去克服种种困难。

洛克菲勒家书

42

今注 生活的魅力在于不断地突破和挑战。想要实现各种愿望，我们必须走出舒适区，持续地向前迈进。只有通过积极的行动，才能收获期待的结果。每天只需要努力一点点，进步一点点，改变一点点，未来的结果就会远远超出我们的想象。不妨从今天起，每天都向前迈出一小步吧！

踏实攀登每一步，
才能到达想去的地方。

保持慎独，每日精进

　　吾友吴竹如格物功夫颇深，一事一物，皆求其理。倭艮（gèn）峰先生则诚意工夫极严，每日有日课册。一日之中，一念之差，一事之失，一言一默，皆笔之于书，书皆楷字。三月则订一本。自乙未年起，今三十本矣。盖其慎独之严，虽妄念偶动，必即时克治，而著之于书。故所读之书，句句皆切身之要药。兹将艮峰先生日课，抄三叶付归，与诸弟看。

　　大意 我的朋友吴竹如格物功夫很深，每事每物，都要寻求它的道理。倭艮峰先生诚意功夫很严，每天都记日课册子。一天之中，无论是一个念头的差错，还是一件事情的过失，说了什么话，或是对某件事保持沉默，都要用笔记下来，而且用正楷字书写。每三个月的笔记装订成一本。从乙未年起，至今已订了三十本。他在慎独方面对自己要求严格，即使偶尔有不切实际的想法，也一定能及时克制，且写在日课册上。所以，他读的书，句句都是切合自身的良药。现将艮峰先生的日课册子，抄三页寄回，给弟弟们看。

曾国藩家书

　　今注 《论语》里记载，孔子说："见贤思齐焉，见不贤而内自省也。"看到身边的人有认真学习的好习惯，我们就要向他学习。就像艮峰先生，一个想法，一件小事，都一一记下来，时时提醒自己及时改进。这样长久坚持下来，我们的能力必然会一日比一日有所提高。

第9课 用十分的努力，打败每一个糟糕的日子

但问耕耘，不问收获

总之，你为大众服务做事之心甚诚，随处可见，即此就宜于做事。但究竟做什么事还不知道，俟（sì）你有所认定之后，当然要先从此项学问入手，嗣则要一边做，一边研究，边学边做，边做边学，终身如此努力不已。至于成就在事抑在学，似不可管，即有无成就，亦可不管，昔人云："但问耕耘，不问收获。"是也。

梁漱溟家书

今注 梁漱溟在这封家书中阐述了"但问耕耘，不问收获"的人生观。我们在学习和做事的时候，先不要想会不会成功，而要先付出行动与努力。结果不重要吗？结果也很重要，但是在你努力的过程中，不要只关注结果，而是要掌握努力的方向和做事的方法。你的前程，就藏在你不断地播种之中，因为只要耕耘了，必然会有收获。

时间用在哪儿，
收获就在哪儿

最后，我还想再说一句，未来企业界的巨人，绝不是出了社会后，便不再鞭策自己努力用功的人。他们只不过是将用功的时间改变，在平常生活中加入适当的娱乐调剂，而夜晚及周末也成为他们用功的时间，就是这样。

摩根家书

今注 成功的人背后所付出的努力是常人难以想象的。摩根在这封家书里鞭策儿子，在步入社会之后，仍然要坚持不懈地努力。优秀的人都是勤奋的，极具天赋的人可能只占不到百分之一。同学之间的差距，可能只在于对业余时间的利用。从今天起，提高学习效率，增加用功时长吧！长期坚持自然会有收获。

天赋决定上限，努力决定下限

是故聪与敏，可恃而不可恃也；自恃其聪与敏而不学者，自败者也。昏与庸，可限而不可限也；不自限其昏与庸，而力学不倦者，自力者也。

大意 聪明和敏捷，可以依靠却也不可以依靠；依仗自己的聪明与敏捷而不努力学习的人，就是自毁前程的人。愚笨和平庸，有所局限但也无所限制；不被自己的愚笨平庸所限制而努力学习、孜孜不倦的人，就是能成就自己的人。

彭端淑《为学一首示子侄》

今注 如果一个人聪明却不肯付出努力，那这聪明也就不再重要。其实做生活中的很多事情，都不是由智商决定的，只要你每天能够少看手机，多读十页书，你就赢过了大多数人。如果能够坚持下去，你就超过了绝大多数人。所以，不要吝惜你的勤奋与努力。

47

精彩的人生
不过是厚积薄发

新遭祖父之丧，来禀无哀痛语，殊非知礼。汝年幼姑勿责也。汝等能升级固善，不能也不必愤懑。但向果能用功与否，若既竭吾才则于心无愧。若缘怠荒所致，则是自暴自弃，非吾家佳子弟矣。闻汝姊言，汝等颇知习在苦学俭朴，吾心甚慰，宜益图向上。吾再听汝姊考语，以为忧喜也。

大意 最近遭遇了祖父的丧事，来信时你没有表达出哀痛的话语，这不符合礼仪。你年幼，暂且不责备你。你们能取得进步固然好，不能也不必十分气愤。无论结果是否成功，只要竭尽全力就问心无愧。如果是懒怠荒废所导致的，那就是自暴自弃，不是我们家的好孩子了。听你姐姐说，你们学习很勤奋，生活很俭朴，我感到非常欣慰，你们应进一步向上努力。我再听你姐姐的评语，心中喜忧参半。

梁启超家书

今注 梁启超的九个子女在各自领域都有卓越的成就，他们的优秀跟梁启超的教育不无关系。在这封家书选文中，梁启超告诫孩子们，在学习和追求成功的道路上要勤奋付出、竭尽全力，即使结果不如意，也无愧于心。在学习中，我们要专注于当下，不能空喊口号，而不付诸行动。

人生没有如果，必须全力以赴。

先付出，就掌握了主动权

你该想象得到父母对儿女的牵挂，可是时代不同，环境不同，父母也有父母的苦衷，并非不想帮你改善生活。可是大家都在吃苦，国家还有困难，一切不能操之过急。年轻时受过的锻炼，一辈子受用不尽。将来你应付物质生活的伸缩性一定比我强得多，这就是你占便宜的地方。一切多往远处想，大处想，多想大众，少顾到自己，自然容易满足。一个人不一定付了代价有报酬，可是不付代价的报酬是永远不会有的。即使有，也是不可靠的。

傅雷家书

今注 傅雷在这封家书里对儿子说，付出了不一定有回报，但是不付出一定是没有回报的，即使有也是不可靠的。付出就好比种庄稼，你分不清是哪一次浇水、哪一次施肥让种子结出了果实，但是只要辛勤耕耘，随着时间的累积，你终将收获丰硕的果实。

进一寸有一寸的欢喜

　　吾人只有进德、修业两事靠得住。进德，则孝弟仁义是也；修业，则诗文作字是也。此二者由我作主，得尺则我之尺也，得寸则我之寸也。今日进一分德，便算积了一升谷；明日修一分业，又算余了一文钱；德业并增，则家私日起。至于功名富贵，悉由命定，丝毫不能自主。

　　大意 对于我们这些人来说，只有增进道德、研修学业这两件事靠得住。增进道德修养，指的便是孝悌仁义这些品德方面的事；研修学业，指的是吟诗作文和写字这方面的事。这两方面都由我做主，有一尺的进步，便是我们自己的一尺；有一寸的进步，便是我们自己的一寸。今天进一分德，就像积了一升谷；明天修一分业，又算存了一文钱。德业共进，则家业一天比一天大。至于功名富贵，都由天定，无法自己做主。

曾国藩家书

　　今注 我就是我自己，不必去和别人比较。和昨天的自己相比，今天的你有所进步、有所收获就很好了。所以从现在起，把你的对标对象从别人变为昨天的自己，你会不断收获惊喜。你也会在不断的惊喜中稳步提升，找到更大的自我价值。

你之所以平庸，是因为不够专精

　　然吾未见业果精而终不得食者也。农果力耕，虽有饥馑（jǐn），必有丰年；商果积货，虽有壅（yōng）滞，必有通时；士果能精其业，安见其终不得科名哉？即终不得科名，又岂无他途可以求食者哉？然则特患业之不精耳。求业之精，别无他法，曰专而已矣。谚曰："艺多不养身。"谓不专也。吾掘井多而无泉可饮，不专之咎也。

大意 然而，我从没有见过专业很精通而最终却不能谋生的人。农夫如果致力于耕种，虽然会遇上饥荒，但一定会有丰收年。商人如果积藏了货物，虽然会遇上滞销积压，但一定会有畅销的时候。读书人如果能精通学业，那怎见得他始终不会有科名呢？就算他最终得不到科名，又怎见得不会有其他谋生的途径呢？因此说，只怕专业不精通。要想专业精通，没有别的办法，只是要专一罢了。谚语说："技艺太多，就不能成为谋生的手段了。"说的就是不专。我挖了许多口井却没有水可喝，就是不专造成的后果。

曾国藩家书

今注 农民致力于耕种，商人致力于贸易，读书人致力于学业……在自己的领域中能够保持专注、精于一技的人，肯定是进行了大量的有效学习和刻意的练习。只有十年如一日地磨炼自己，持续精进，才能有所成就。专注且脚踏实地地做一件事，胜过敷衍地做很多事。

精耕细作，笃行致远。

第10课 有责任，有担当，心怀世界和未来

心怀家国，你我之责

> 我辈读书人，入则孝，出则弟，守先待后，得志泽加于民，不得志修身见于世……

大意 我们这些读书人，在家应孝敬父母，在外应尊敬兄长，守住先人的美德，以待传给后人。得志时，就把恩泽施与百姓；不得志时，就修养身心，将美好的德行展现给社会。

郑燮家书

今注 家国情怀是中华民族的传统美德，是一种责任，是我们奋斗的理想和追求的目标。家国情怀并不抽象，我们努力提升自身品德修养，对兄弟姐妹谦让、照顾，尊敬父母、老师，关心国家大事并付诸行动，这些都是有家国情怀的表现。

救国责任不可逃避

　　吾今拟与政治绝缘，欲专从事于社会教育，除用心办报外，更在津设立私立大学，汝毕业归，两事皆可助我矣。若能如此，真如释重负，特恐党人终不许我耳……当失意时更不能相弃也。作今日之中国人安得不受苦，我之地位更无所逃避。

　　大意 我现在准备与政治绝缘，想专心从事于社会教育，除用心办报外，另外在天津设立私立大学，你完成学业回国，这两件事都可以帮助我。如果能这样，真是如释重负，只是恐怕党人始终不答应我……当失意时更不能互相抛弃。作为今天的中国人怎么能不受苦，我的位置更无法逃避。

梁启超家书

　　今注 梁启超在这封家书中，表达了以教育救国的想法。他以自己的这种责任和担当，谆谆教导女儿，希望女儿帮助自己振兴教育事业。他不仅努力承担社会责任，对儿女的教育也是身体力行，用家书和行动激励着孩子们。

父母担负家庭教育之责任

吾今舍安乐而就忧患，非徒对于国家自践责任，抑亦导汝曹脱险也。吾家十数代清白寒素，此乃最足以自豪者，安而逐腥膻（shān）而丧吾所守耶？此次义举虽成，吾亦决不再仕宦，使汝等常长育于寒士之家庭，即授汝等以自立之道也。吾近来心境之佳，乃无伦比，每日约以三四时见客治事，以三四时著述，馀晷则以学书（近专临帖不复摹矣），终日孜孜，而无劳倦，斯亦忧患之赐也。

大意 我现在舍弃安乐而靠近忧患，不单单是对国家履行责任，也是引导你们脱离危险。我们家十几代清白寒门，这是最引以为豪的，哪能因为追逐丑恶污浊的事物而丧失了我所坚守的东西呢？这次起义虽然成功，我也决不会再做官，让你们常滋养在贫寒的读书人的家庭，就是教授你们自立成长的道理。我近来心情很好，无与伦比，每天约以三四个小时见客办事，以三四个小时著述，剩下的时间则用来学书（最近只是临帖而不再摹帖了），整天忙忙碌碌，而不疲劳，这也是担忧的恩赐啊。

梁启超家书

今注 父母有担当，孩子才有责任感；父母以身作则，孩子才有好习惯；父母正确教育，孩子才有好品行。父母是孩子成长道路上最重要的引路人。梁启超将责任和担当投向了教育子女。他以身作则，乐观而自律，鼓励孩子们多读书、勤学习，希望孩子们能在动荡的社会环境中找到自己的价值。

树立好榜样
亦是一种责任

嗣后务宜细心收拾，即一纸一缕，竹头木屑，皆宜检拾伶俐，以为儿侄之榜样。一代疏懒，二代淫佚，则必有昼睡夜坐、吸食鸦片之渐矣。四弟、九弟较勤，六弟、季弟较懒。以后勤者愈勤，懒者痛改，莫使子侄学得怠惰样子。至要至要！子侄除读书外，教之扫屋、抹桌凳、收粪、锄草，是极好之事，切不可以为有损架子而不为也。

大意 今后务必要细心收拾，即使是一张纸、一根线，或者竹头、木屑，都要及时捡拾干净，为儿侄辈树立榜样。上一代人如果疏忽懒怠，下一代人就会骄奢淫逸，那么就会渐渐出现白天睡觉晚上不睡觉、吸食鸦片这些恶习！四弟、九弟比较勤快，六弟、小弟比较懒散。以后要勤快的人更勤快，懒散的人下决心痛改前非，不要让子侄们学得懒怠的样子，这至关重要啊！除了教子侄读书，还要教他们打扫房屋、擦桌椅、拾粪、锄草，这些都是很好的事，千万不可认为做这些有损颜面而不愿去做。

曾国藩家书

今注 上一代人有责任为下一代人树立榜样，上一代人的勤勉努力会极大地影响下一代人的成长。尤其在生活细节方面，上一代人更应该严格要求自己，避免给下一代人带来不良的影响。家长或哥哥姐姐不沉迷于手机，那么孩子或弟弟妹妹也就不会成为"低头族"；家长或哥哥姐姐做事不偷懒、不磨蹭，孩子或弟弟妹妹做事就会用心、利落。

有担当者
不畏惧每一段旅程

　　人生的每个阶段都是一边学一边过的，从来没有一个人具备了所有的（理论上的）条件才结婚，才生儿育女的。你为了孩子而惶惶然，表示你对人生态度严肃，却也不必想得太多。一点不想是不负责任，当然不好；想得过分也徒然自苦，问题是彻底考虑一番，下决心把每个阶段的事情做好，想好办法实行就是了。

傅雷家书

　　今注 人生就是由一段又一段的"旅程"构成的，每段都有我们应该承担的责任。幼年时期健康快乐成长；青少年时期好好学习，用心积累；长大成人之后努力工作，照顾家庭；步入老年不较真，不逞强，颐养天年。人生的每一阶段，不必畏惧，坦然去面对，微笑着去学习和领悟，踏实地走好每一步，就足够了。

有担当者全在明和强

至于担当大事，全在"明""强"二字。《中庸》"学""问""思""辨""行"五者，其要归于愚必明、柔必强。弟向来倔强之气，却不可因位高而顿改。凡事非"气"不举，非"刚"不济，即修身养家，亦须以"明""强"为本。

大意 至于担当大事，全在于"明""强"两个字。《中庸》中所说的"学""问""思""辨""行"五方面，最主要的就是把不明白的变明白，不坚强的变坚强。弟弟向来很倔强，不要因为地位高了而一下改掉。凡是做事，没有志气做不成，不坚定也做不好，即使是修身养家，也必须以"明""强"二字为根本。

曾国藩家书

今注 "明"代表着明辨是非、明晰事理的能力；"强"意味着坚定的意志和勇于担当的精神。无论是在学习中还是在工作中，只有具备了这两点，我们才能更好地承担起自己的责任，实现理想。

第11课 心中有志向，脚步有力量

人生立志须趁早

人须要立志。初时立志为君子，后来多有变为小人的；若初时不先立下一个定志，则中无定向，便无所不为，便为天下之小人，众人皆贱恶你。你发愤立志要做个君子，则不拘做官不做官，人人都敬重你。故我要你第一先立起志气来。

大意 人一定要有志向。小时候立志做君子，后来有许多人却变成了小人。如果小时候不先立志，那么再长大一点儿就不能固定一个志向，就会为所欲为，就成了天下人都唾骂的小人，最后所有人都轻视厌恶你。你立志做个君子，不管做不做官，都会受到别人的敬重。所以我希望你首先要先立定志向。

杨继盛《谕应尾、应箕两儿》

今注 从小立定志向，便可以朝这个方向去努力，这样做事就不易偏离正常的轨道。如果没有志向，做事就会想到什么就做什么，没有主见，容易被诱导，等到醒悟时，后悔不及。

人贵勤学有志

夫君子之行，静以修身，俭以养德，非淡泊无以明志，非宁静无以致远。夫学须静也，才须学也，非学无以广才，非志无以成学。淫慢则不能励精，险躁则不能治性。年与时驰，意与日去，遂成枯落，多不接世，悲守穷庐，将复何及！

大意 有道德修养的人，屏除杂念和干扰，宁静专一以使自己尽善尽美，以俭朴节约来培养自己高尚的品德。不是内心恬淡、不慕名利就不能明确志向，不是身心宁静就不能达到远大目标。学习必须宁静专一，增长才干必须刻苦学习。不努力学习就不能增长才智，不明确志向就不能在学习上获得成就。放纵懈怠就不能振奋精神，轻薄浮躁就不能修养性情。年华随着光阴流逝，意志随着岁月消磨，最后凋落、衰残，大多对社会没有任何贡献，守在陋室里悲伤叹息，又怎么来得及呢！

诸葛亮《诫子书》

今注 这篇家书意在教导孩子要明白立志的重要性。志向是每天早睡早起，志向是独立自主完成功课，志向是每周阅读一本书……志向可大可小，有志向加上勤于行动，那么你就是最厉害的了。

志之所在，
心向往之

　　儿从母亲寿辰立志，决定要在这一年当中，于中国教育上做一件不可磨灭的事业，为吾母庆祝并慰父亲在天之灵。儿起初只想创办一个乡村幼稚园，现在越想越多，把中国全国乡村教育运动一齐都要立它一个基础。儿现在全副的心力都用在乡村教育上，要叫祖宗及母亲传给儿的精神都在这件事上放出伟大的光来。儿自立此志以后，一年之中务求不虚度一日；一日之中务求不虚度一时：要叫这一年的生活，完全的献给国家，作为我父母送给国家的寿面，使国家与我父母都是一样的长生不老。

陶行知家书

　　今注 陶行知在家书中跟母亲谈了自己当年的打算，他决心致力于中国乡村教育的建设与发展，并告诫自己珍惜时间，不虚度光阴。这种精神值得我们每个人学习。

志向越坚定，行为越笃定

志患不立，尤患不坚。偶然听一段好话，听一件好事，亦知歆动羡慕，当时亦说我要与他一样，不过几日几时，此念就不知如何销歇去了。此是尔志不坚，还由不能立志之故。如果一心向上，有何事业不能做成？

大意 令人忧虑的是不能树立志向，更令人忧虑的是树立了志向却不坚定。偶然听到一段好话、一件好事，也知道喜爱羡慕，当时也表示自己要像他一样；但是没过多久，这种想法就不知道怎么消失得毫无踪影了。这就是你志向不坚定，更是你没能立志的缘故。如果你一心奋发向上，有什么事业不能做成呢？

左宗棠《与子书》

今注 如果一个人志向不够坚定，就难以付诸实践并持之以恒，进而导致与自己的理想渐行渐远。志向不坚定，除了因为对困难的恐惧和对未来的不确定，还因为内心不够坚定，承受不了任何挫折或是抵制不了诱惑。坚定志向就像给自己插上翅膀，有了翅膀才能飞得更高。

精彩人生从有志开始

汝等心志未立，冠岁行登。古人讥十九童心，能不自惧。吾不能远谕他人，汝独不见吾兄之奉家法乎？吾家世俭贫，先人遗训，常恐置产怠子孙，故家无樵苏之地，尔所详也。

大意 你们还没有立志向，但马上二十岁了。古人讥讽鲁昭公十九岁还只知道嬉戏玩闹，现在你们马上就要成人了，就不怕被人耻笑吗？我先不讲别人，你们难道没有看到我哥哥是怎么奉守家法的吗？我们家世代节俭清贫，祖上遗训总怕置了产业会使子孙懒惰，所以家中无寸土之地，这是你们都知道的。

元稹《诲侄等书》

今注 树无根，无法存活；行船没有灯塔，会迷失方向；人没有志向，便会随波逐流、庸庸碌碌地生活。精彩的人生是从有志向开始的，志向是好好学习，勤奋钻研；志向是读万卷书，行万里路；志向是强身健体，保家卫国。志向是我们努力的方向，当每天为志向而努力奋斗时，我们便是在一步步地成就自己。

志同

没有志向的生活，
是看不到希望的。

学圣贤须立志

人苟能自立志，则圣贤豪杰何事不可为？何必借助于人！"我欲仁，斯仁至矣。"我欲为孔、孟，则日夜孜孜，惟孔、孟之是学，人谁得而御我哉？若自己不立志，则虽日与尧、舜、禹、汤同住，亦彼自彼、我自我矣，何与于我哉？

大意 一个人假若自己能立志，那么圣贤豪杰之事，又有什么做不到的呢？何必一定要借助别人！正如"我想仁，仁便达到了"。我想要做孔子和孟子那样的圣贤，那就日夜勤勉，只学习孔孟之学，谁又能挡得住我呢？如果自己不立志，即便天天与尧、舜、禹、汤住在一起，也只能他是他，我是我，他们又与我有什么关系呢？

曾国藩家书

今注 将圣贤豪杰视为榜样人物，向他们学习，有助于推动我们实现自己的理想。坚定的志向是实现理想的关键，而榜样人物则是激励我们前行的力量。

远游求学须立志

　　闻九弟意欲与刘霞仙同伴读书。霞仙近来见道甚有所得，九弟若去，应有进益。望大人斟酌行之。男不敢自主。此事在九弟自为定计。若愧奋直前，有破釜沉舟之志，则远游不负。若徒悠忽因循，则近处尽可度日，何必远行百里外哉！求大人察九弟之志而定计焉。

大意 听说九弟想与刘霞仙一起读书。霞仙近来做学问很有心得，九弟如果去，应该会有帮助。希望大人反复斟酌，我不敢自作主张。这件事需要九弟自己拿主意。如果发奋向前，有破釜沉舟的志气，那么就不会辜负远游求学的志向。如果只是和从前一样马虎懒散，那么在家附近也可以度日，何必远行到百里以外呢！求大人观察九弟的志向再做决定。

曾国藩家书

今注 曾国藩在这里强调：求学要有坚定的志向和奋发向上的态度。如果我们没有明确的志向和目标，每天便会散漫度日，最终我们不会有所积累和长进。只有树立了坚定的志向，有不达目标不罢休的决心，不给自己懒散的理由和时间，求学才有可能得到你想要的结果。

立志之前先去习气

　　立志之始，在脱习气。习气薰人，不醪 (láo) 而醉。其始无端，其终无谓。袖中挥拳，针尖竞利。狂在须臾，九牛莫制。岂有丈夫，忍以身试？彼可怜悯，我实惭愧。

　　大意 立志最开始首先要革除不良习气。不良习气对人的影响，就像人不喝酒只闻酒味也会醉。它是来去悄然都不见痕迹的。这就像在袖子里挥拳，在针尖上争利。如果一时沉不住气而狂妄冲动，那么即使有九牛之力也难以制止。难道真的有堂堂男子汉，愿意亲身去那样做吗？如此做的人实在值得怜悯，我对此也会深觉惭愧。

王夫之家书

　　今注 做人首先要立志，而立志之前最重要的就是先摒除不良习气。如果不这样做，会有损于志向的确立，最终也不可能有所成就。不良习惯养成容易，改掉难，如同庄稼地里的杂草，刚长出来便拔掉，就可尽早消除对庄稼的不良影响。

第12课 认清自己,勇于突破舒适区

及时自检才不至于忘形

一个人太顺利,很容易于不知不觉间忘形的。我自己这次出门,因为被称为模范组长,心中常常浮起一种得意的感觉,猛然发觉了,便立刻压下去。但这样的情形出现过不止一次。可见一个人对自己的斗争是一刻也放松不得的。

傅雷家书

今注 我们可以因为自己已取得的一些成绩而自豪,却不可以因此而得意,已取得的成绩只表示过去,并不代表未来。别对自己放松要求,及时进行自我剖析,才不至于得意忘形,才能保持长久的进步。

欲进步，自我批评少不得

批评与自我批评所以能成为有力的武器，也就在于它能培养冷静的科学头脑，对己、对人、对事，都一视同仁，做不偏不倚的检讨。而批评与自我批评最需要的是勇气，只要存着一丝一毫懦怯的心理，批评与自我批评便永远不能做得彻底。我并非说有了自我批评（即挖自己的根），一个人就可以没有烦恼。不是的，烦恼是永久免不了的，就等于矛盾是永远消灭不了的一样。但是不能因为眼前的矛盾消灭了将来照样有新矛盾，就此不把眼前的矛盾消灭。挖了根，至少可以消灭眼前的烦恼。将来新烦恼来的时候，再去消灭新烦恼。挖一次根，至少可以减轻烦恼的严重性，减少它危害身心的可能；不挖根，老是有些思想的、意识的、感情的渣滓积在心里，久而久之，成为一个沉重的大包袱，慢慢的（地）使你心理不健全，头脑不冷静，胸襟不开朗，创造更多的新烦恼的因素。

傅雷家书

今注 批评是人与人之间的相互砥砺，自我批评是人对自我的超越。开展批评和自我批评，需要莫大的勇气。我们应在正视问题、分析问题、反省和改进问题的过程中，实现自我突破，不断进步。

正确对待批评和自我批评

　　我自己常常发觉译的东西过了几个月就不满意；往往当时感到得意的段落，隔一些时候就觉得平淡得很，甚至于糟糕得很。当然，也有很多情形，人家对我的批评与我自己的批评并不对头；人家指出的，我不认为是毛病；自己认为毛病的，人家却并未指出。想来你也有同样的经验。

傅雷家书

　　今注 傅雷一向对自己要求严格，他在这封家书里提出：对待自己的作品要有持续的自我批评和改进的能力，不能因为一时的满意而降低要求。此外，自我批评是从自身出发审视自己的不足，他人批评是从他人的角度发现自身的缺点，所以我们要听取各方面的意见，采取"有则改之，无则加勉"的态度。

深入自省，积极批评

　　人不知而不愠是人生最高修养，自非一时所能达到。对批评家的话我过去并非不加保留，只是增加了我的警惕。即是人言籍籍，自当格外反躬自省，多征求真正内行而善意的师友的意见。你的自我批评精神，我完全信得过；可是艺术家有时会钻牛角尖而自以为走的是独创而正确的路。要避免这一点，需要经常保持冷静和客观的态度。所谓艺术上的 illusion（幻觉），有时会蒙蔽一个人到几年之久的。

傅雷家书

　　今注 别人的批评如果正确，我们应该接纳；如果不正确，我们可以坚持自我。自我反省是用冷静客观的态度检视自己的行为，避免自己误入歧途而浑然不知。及时纠正错误、改变偏执的想法，对于我们实现目标至关重要。

在自省中，让心归零，
去迎接璀璨的明天。

第13课 努力提升自己，不必仰望别人

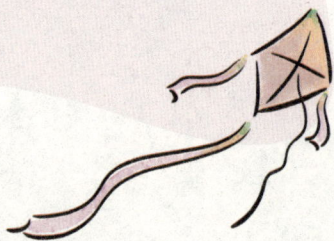

我们都是一路失去，一路成长

塞翁失马，未始非福。你比一般青年经历人事都更早，所以成熟也早。这一回痛苦的经验，大概又使你灵智的长成进了一步。你对艺术的领会又可深入一步。

再见了，我的小风筝。

傅雷家书

今注 人的一生就是不断失去的过程，我们会失去玩具、失去宠物、失去朋友、失去亲人……面对失去固然痛苦，但同时也是让自己内心强大的过程。拥有面对失去的勇气，努力提升自己，本身就是一种成长。

念及父母恩，更须走自己的路

　　我养育你，并非恩情，只是血缘使然的生物本能；所以，我既然无恩于你，你便无需报答我。反而，我要感谢你，因为有你的参与，我的生命才更完整。我只是碰巧成为了你的父亲，你只是碰巧成为了我的儿子，我并不是你的前传，你也不是我的续篇。你是独立的个体，是与我不同的灵魂；你并不因我而来，你是因对生命的渴望而来。你是自由的，我是爱你的；但我绝不会"以爱之名"，去掌控你的人生。

胡适家书

　　`今注` 父母给了我们生命，养育了我们，这份恩情我们应铭记于心。因为感念父母的养育之恩，所以我们更应该自尊自爱。同样，每个人都是独立的个体，我们不应该依附父母的光环，要敢于为自己的人生做主。

拥有被批评的勇气，
方可成事

只要你记住两点：必须有不怕看自己丑脸的勇气，同时又要有冷静的科学家头脑，与实验室工作的态度。唯有用这两种心情，才不至于被虚伪的自尊心所蒙蔽而变成懦怯，也不至于为了以往的错误而过分灰心，消灭了痛改前非的勇气，更不至于茫然于过去错误的原因而将来重蹈覆辙。子路"闻过则喜"，曾子的"吾日三省吾身"，都是自我批评与接受批评的最好的格言。

傅雷家书

今注 能够正视自己的缺点就已经很勇敢了，因为只有清楚地知道自己的缺点，才能进行精准的自我批评和自我提升。金无足赤，人无完人。就算有缺点，我们依然是独一无二的。正确地认识自己，冷静地处理问题，才能够少走弯路，更加果断地向目标迈进。

心底无私天地宽

潇洒安康，天君无系。亭亭鼎鼎，风光月霁。以之读书，得古人意；以之立身，踞豪杰地；以之事亲，所养唯志；以之交友，所合唯义。惟其超越，是以和易。光芒烛天，芳菲匝地。深潭映碧，春山凝翠。寿考维祺，念之不昧！

大意 为人洒脱恢宏，安详和顺，心中便坦然无愧。盛大广阔的高洁之心，犹如雨过天晴，一片明净的景象。用这样的态度去读书，就能领略古人的意境；用这样的胸怀来立身处世，便如同立于豪杰之地；这样去侍奉双亲，便能涵养出高尚的志节；这样去交友，就能处事皆合义理。正是因为有这样恢宏超然的气度，所以能如此的温和平易。这个人的人品光芒照耀天际，又如花草芳香，遍及大地。如渊深的潭水，澄澈映照，又如同春天的青山，苍翠浓绿。能够享高寿、致吉祥，终身谨念不失。

王夫之家书

今注 做人要把自尊自爱和品行高洁放在首位，不要沾染上庸俗卑劣的习气。不要追名逐利，要堂堂正正、光明磊落。拥有这样的品性，才能更好地读书学习、与人交往、立身处世。

你比你想象中的还要伟大

　　成功不是以一个人的身高、体重、学历或家庭背景来衡量，而是以他思想的"大小"来决定。我们思想的大小决定我们成就的大小。这其中最重要的一条就是我们要看重自己，克服人类最大的弱点——自贬，千万不要廉价出卖自己。你们比你们想象中的还要伟大，所以，要将你们的思想扩大到你们真实的程度，绝不要看轻自己。

　　…………

　　俗语说："我们不能左右风的方向，但我们可以调整风帆——选择我们的态度。"一旦你们选择了看重自己的态度，那些"我是个没用的人，我是个无名小卒，我算老几，我一文不值"等等贬低自己、消磨意志、退化信心和自暴自弃的懦夫的想法就会消失殆尽，取而代之的，是心灵的复活，思维和行为方式的积极改变，信心的增强，以"我能！而且我会！"的心态面对一切。

洛克菲勒家书

　　今注 自己的价值是自己决定的，如果我们打心底认为自己没有用，那么别人也会轻视我们。所以，我们内心要笃定自己的价值，知道自己的未来在哪里，坚定地相信，我们就是最重要的那个人。只有自己先相信自己，别人才会相信我们。

我们不能左右风的方向，
但可以调整风帆。

第14课 努力做到"刚刚好"，把握分寸受益一生

竭尽全力不是耗干自己

练琴一定要节制感情，你既然自知责任重大，就应当竭力爱惜精神。好比一个参加世运的选手，比赛以前的几个月，一定要把身心的健康保护得非常好，才能有充沛的精力出场竞赛。俗语说"养兵千日"，"养"这个字极有道理。

傅雷家书

今注 在生活中，做任何事都需要注意把握分寸。为了定下的目标，竭尽全力是必要的，但是并非没有节制，一定要兼顾自己的身心健康，不要过度疲累和消耗自己。备战考试，学累了，要适当停下来休息；准备钢琴比赛，练习疲倦了，也要适当放松身心。把握好分寸，一切努力才能取得相应的成效。

忠于艺术，止于利益

　　适量的音乐会能刺激你的艺术，提高你的水平；过多的音乐会只能麻痹你的感觉，使你的表演缺少生气与新鲜感，从而损害你的艺术。你既把艺术看得比生命还重，就该忠于艺术，尽一切可能为保持艺术的完整而奋斗。这个奋斗中目前最重要的一个项目就是：不能只考虑需要出台的一切理由，而要多考虑不宜于多出台的一切理由。其次，千万别做经理人的摇钱树！他们的一千零一个劝你出台的理由，无非是趁艺术家走红的时期多赚几文，哪里是为真正的艺术着想！一个月七八次乃至八九次音乐会实在太多了，大大的太多了！长此以往，大有成为钢琴匠，甚至奏琴的机器的危险！

傅雷家书

　　今注 在走向成功的路上，我们会面临很多的诱惑，可能是钱财，也可能是名气。这些身外之物很容易遮住我们的眼睛，让我们逐渐偏离最初的目标和梦想。人的欲望是无穷无尽的，要时刻提醒自己勿忘初心，保持适度，学会克制，不要让自己被金钱、名气迷惑。

调控情绪，平稳心态

你为了俄国钢琴家兴奋得一晚睡不着觉；我们也常常为了些特殊的事而睡不着觉。神经锐敏的血统，都是一样的；所以我常常劝你尽量节制。那钢琴家是和你同一种气质的，有些话只能加增你的偏向。比如说每次练琴都要让整个人的感情激动。我承认在某些 romantic（浪漫底克）性格，这是无可避免的；但"无可避免"并不一定就是艺术方面的理想；相反，有时反而是一个大累！为了艺术的修养，在 heart（感情）过多的人还需要尽量自制。中国哲学的理想，佛教的理想，都是要能控制感情，而不是让感情控制。假如你能掀动听众的感情，使他们如醉如狂，哭笑无常，而你自己屹如泰山，像调度千军万马的大将军一样不动声色，那才是你最大的成功，才是到了艺术与人生的最高境界。你该记得贝多芬的故事，有一回他弹完了琴，看见听的人都流着泪，他哈哈大笑道："嘿！你们都是傻子。"艺术是火，艺术家是不哭的。这当然不能一蹴即成，尤其是你，但不能不把这境界作为你终生努力的目标。罗曼·罗兰心目中的大艺术家，也是这一派。

傅雷家书

今注 拥有喜、怒、哀、乐是人类情感丰富的表现，但万事皆有度，情绪表达也应有分寸。大喜大悲、喜怒无常是不好的，它容易使我们陷入情绪失控的漩涡，影响我们接下来做事的方向和成效。在学习的过程中，我们应时刻注意情绪的调控，不因一次成功而过于兴奋，也不因一次失败而过于沮丧。我们应保持平稳的心态，继续在学习的道路上奋力前行。

做一个情绪稳定的人，是一生的修炼。

读书需张弛有度

抑有欲为吾侄告者，读书须勤，然亦须有分寸。吾侄身体本不甚健硕，若再焚膏继晷，孜孜矻矻，则损害其身，殊非浅显。身体一弱，则虽有志进取，而亦苦于精力不继，读亦不能记忆，有何益哉！

大意 或许有人想告诉你，读书必须勤奋，但是我认为勤奋也必须把握好分寸。你的身体本来就不是特别健壮结实，如果再不分白天黑夜地努力读书，孜孜不倦、勤奋不懈，就会损害自己的身体，这样是特别浅薄的。身体一旦虚弱，那么即使心怀不断进取的志向，也会因为精神体力不能持续支撑而感到痛苦，读了很多书也记不住，又有什么好处呢？

胡林翼家书

今注 读书求学的确需要勤奋与努力，但不顾身体健康，过度学习，却是不值得提倡的，因为这样做，对身体有损，对学业无益。我们在读书求学时应张弛有度，劳逸结合。

♡ 学习
☆ 生活

从容求索，深入领悟

你常常头痛，也是令我不能放心的一件事，你生来体气不如弟妹们强壮，自己便当自己格外撙（zǔn）节补救，若用力过猛，把将来一身健康的幸福削减去，这是何等不上算的事呀。前所在学校功课太重，也是无法，今年转校之后，务须稍变态度。我国古来先哲教人做学问方法，最重优游涵饮，使自得之。这句话以我几十年之经验结果，越看越觉得这话亲切有味。凡做学问总要"猛火熬"和"慢火炖"两种工作，循环交互着用去。在慢火炖的时候才能令所熬的起消化作用融洽而实有。思成，你已经熬过三年了，这一年正该用炖的工夫。不独于你身子有益，即为你的学业计，亦非如此不能得益，你务要听爹爹苦口良言。

梁启超家书

今注 学习是一场马拉松，是一生的功课。我们在学习时不要急功近利，适当地调整自己的学习状态，从容求索，深入领悟，耐心坚持，不至于太过疲累，才能有效积累知识，成就学业。

保持身体健康，是养成良好学习习惯的基础

身体健康是学习的基础

来复日必须休息，且须多游戏运动。（可与诸师商，每来复最多勿过十时。因自修尚费多时也，可述吾意告之，必须听言，切勿着急。）从前在大同学校以功课多致病，吾至今犹以为戚。

大意 星期日必须休息，而且要多做游戏、多运动。（可以和各位老师商量，每个星期日学习时间最多不要超过十个小时。因为自修要花费太多时间，可以将我的意思告诉他们，必须听别人说的话，千万不要着急。）从前你在大同学校因为功课多生病，我到现在还觉得伤心。

梁启超家书

今注 梁启超在得知女儿要增加每周的学习量时，劝诫女儿要以身体健康为重。我们在学习时也要注意劳逸结合，合理安排学习和休息时间，并丰富课余生活，保持积极乐观的心态。只有身体健康了，我们的学习才能更进一步。

养成生活好习惯，学习斗志更饱满

澄弟之病日好，大慰大慰！此后总以戒酒为第一义。起早亦养身之法，且系保家之道。从来起早之人，无不寿高者。吾近有二事效法祖父，一日起早，二日勤洗脚，似于身体大有裨（bì）益。望澄弟于戒酒之外，添此二事，至嘱至嘱！

大意 澄弟的病一天比一天好转，我非常欣慰，非常欣慰！以后总应以戒酒为第一要事。早起也是养生之法，并且是保家的方法。早起的人，没有不长寿的。我近来有两件事效法祖父：一是早起，二是勤洗脚。这似乎对身体大有好处。希望澄弟除戒酒之外，再增添这两件事，切记切记！

曾国藩家书

今注 对于如何保持身体健康，曾国藩有自己独到的见解，在他给弟弟的信中提到了三点建议：戒酒、早起和勤洗脚。我们都知道酒对身体的危害很大，所以正在长身体的我们一定不要饮酒。早睡早起能让我们的身体更健康，利用早起的时间背单词、背课文，我们会记得更牢固。睡前泡泡脚，可以帮助我们缓解疲劳，让我们在第二天更好地学习知识。

养生之法
贵在坚持

养生之法约有五事：一曰眠食有恒，二曰惩忿，三曰节欲，四曰每夜临睡洗脚，五曰每日两饭后各行三千步。惩忿，即余篇中所谓"养生以少恼怒为本"也。眠食有恒及洗脚二事，星冈公行之四十年，余亦学行七年矣。饭后三千步近日试行，自矢永不间断。弟从前劳苦太久，年近五十，愿将此五事立志行之，并劝沅弟与诸子侄行之。

大意 养生的方法，大约有五个方面：一是睡眠饮食有规律，二是克制怒气，三是节制欲望，四是每晚睡前洗脚，五是午餐和晚餐后各走三千步。克制怒气，就是我所说的"养生以少恼怒为本"。睡眠饮食有规律及睡前洗脚二事，祖父星冈公坚持了四十年，我也学着坚持了七年。饭后三千步，近日试行，发誓从此永不间断。弟弟你从前太劳苦，现在年近五十了，希望你下决心坚持这五件事，并劝沅弟和子侄们实行。

曾国藩家书

今注 在这封信里，曾国藩分享了他的养生之道，强调了健康在生活中的重要地位。健康是"1"，其他则是"0"。没有健康的身体，也就失去了学习的根基。为了更高效地学习，就让我们从养成健康合理的生活习惯开始吧。

管住自己就是留住健康

　　大儿在京，闻睡时甚迟，交友尤多，未知染此癖否？当驰函痛戒之。夫人如发信去，亦须提及，毋使余担心也。次儿、三儿在家，承夫人督教，当不至此。惟闻族中子弟亦有乐此不疲者，一入黑籍，身体即隳（huī），今后将永远提不起精神，办不成大事，是亦林氏之不幸也。未知彼父兄所司何事，而竟放任至此，是真咄咄怪事。

　　大意 大儿子在京城，听说他经常晚睡，广交朋友，不知是否沾染上了那个嗜好？应该尽快写信严厉劝诫他！夫人如果写信，也须提及，不要让我担心。二儿子、三儿子在家，有夫人监督教导，不至于染此烟癖。只是我听说族中子弟也有对此乐此不疲者，一旦吸食鸦片，身体就会被毁坏，今后将永远提不起精神，办不成大事，这也是林氏家门不幸。不知他们的父兄都在做什么，竟然对子弟放任到这种地步，真是咄咄怪事。

林则徐《复郑夫人书》

　　今注 林则徐听说自己家族中有子弟吸食鸦片，痛心疾首。因为大儿子不在身边，所以担心他染上烟瘾。鸦片是一种毒品，会严重危害我们的身心健康。我们应从小珍爱自己的生命，远离这些有害物品，还要学会自我约束和自我管理，懂得明辨是非，不被别人的行为左右。

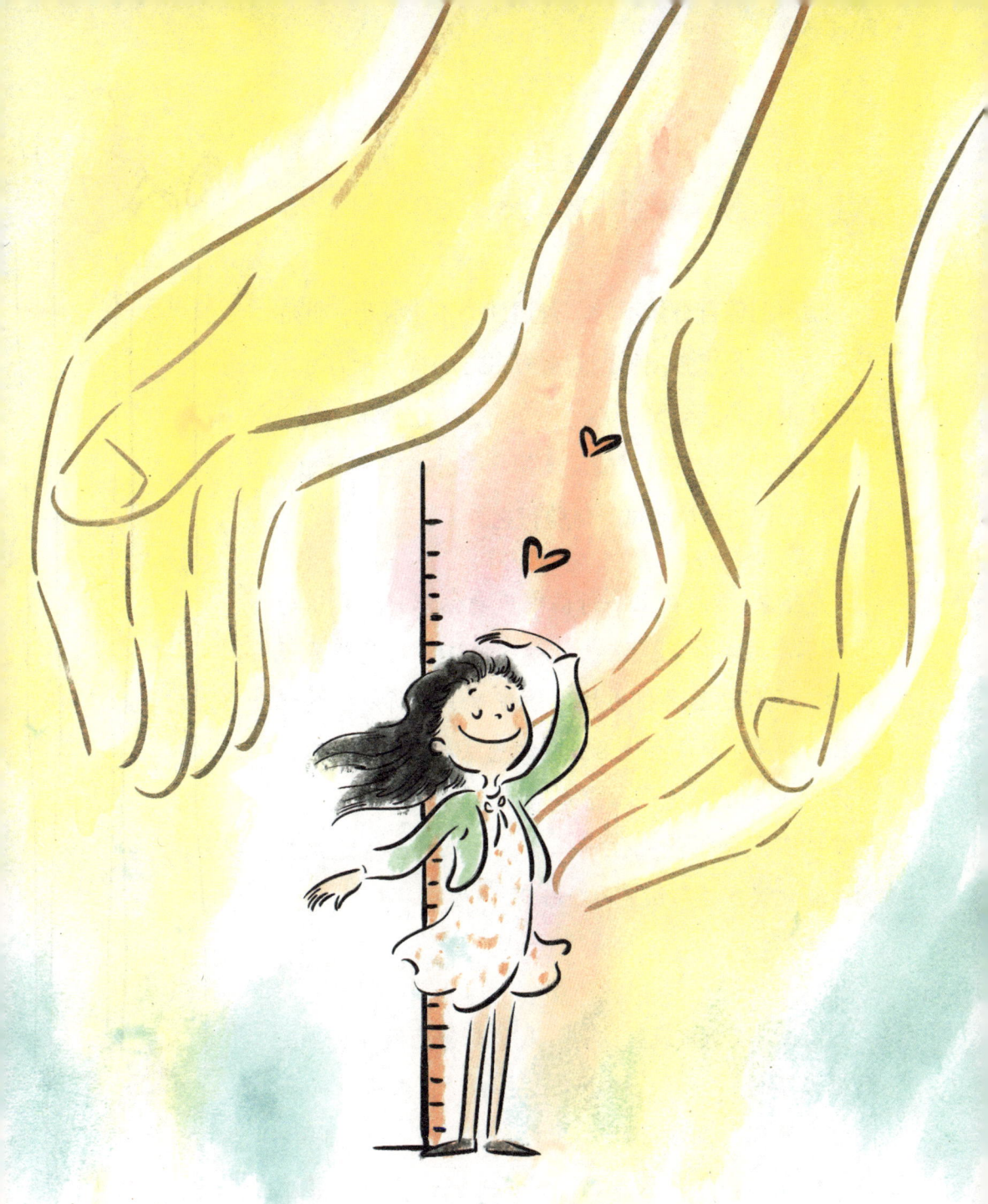

在人生的标尺上，健康衡量生命的质量，
呵护健康，才能快乐成长。

放宽心，保持身体康健，学习也许有奇效

植弟前信言身体不健。吾谓读书不求强记，此亦养身之道。凡求强记者，尚有好名之心横亘于方寸，故愈不能记。若全无名心，记亦可，不记亦可，此心宽然无累，反觉安舒，或反能记一二处，亦未可知。此余阅历语也，植弟试一体验行之。

大意 植弟在上一封信中说身体不好。我认为读书不应该求强记，这也是养身之道。凡是想要强记的，还有追名逐利的想法横在心中，所以就更记不住。如果完全没有追名逐利的想法，记住也可以，不记住也可以，这样心中宽舒而没有负累，反倒觉得安心舒服，倒能记住一二处，也未可知。这是我的经验之谈，植弟试着体验一下。

曾国藩家书

今注 有时候就是这样，我们越努力做什么，反而越做不好。一旦放松下来，再去做，效果反而会更好。所以，在学习的过程中，若是遇到一时解决不了的问题，不如放一放，尝试去做一些自己喜欢的事情，之后再想办法解决问题，问题或许就会迎刃而解。

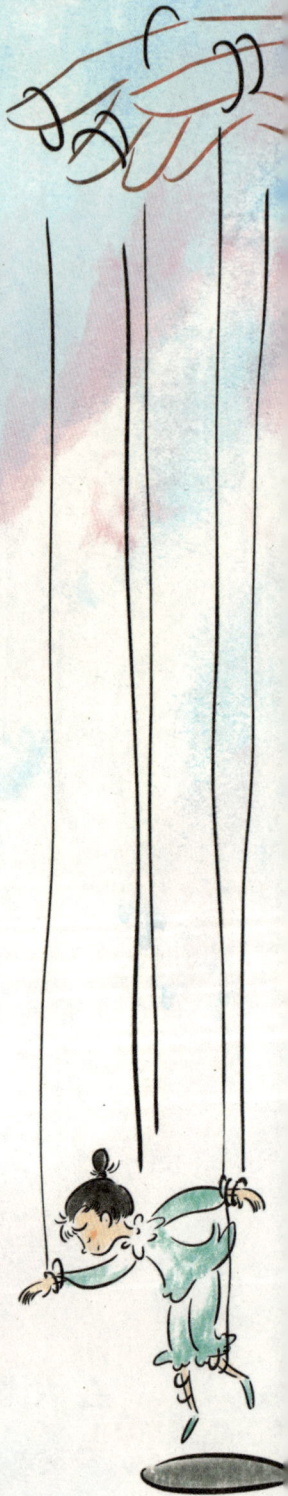

大师家书·致少年

情绪管理

郄亚威 编
锄豆文化 绘

现代教育出版社
Modern Education Press

图书在版编目 (CIP) 数据

情绪管理 / 郄亚威编；锄豆文化绘. -- 北京：现代教育出版社, 2024.9. -- (大师家书). -- ISBN 978-7-5106-9455-4

Ⅰ. B842.6-49

中国国家版本馆CIP数据核字第2024DC7877号

书　　名	大师家书·致少年
编　　者	郄亚威
绘　　者	锄豆文化
选题策划	刘　婕　徐　琰
责任编辑	刘　婕
封面设计	王淑聪
出版发行	现代教育出版社　邮编：100120
地　　址	北京市东城区鼓楼外大街26号荣宝大厦3层
电　　话	010-64252230（编辑部）
印　　刷	三河市华骏印务包装有限公司
开　　本	710 mm×1000 mm　1/16
印　　张	12
字　　数	115千字
版　　次	2024年9月第1版
印　　次	2024年9月第1次印刷
书　　号	ISBN 978-7-5106-9455-4
定　　价	69.80元（全2册）

目录

目录

原来，

傅雷

善良的人运气不会太差。

曾国藩

只要准备好了，哪里都是课堂。

害怕变化，就是害怕成长。

洛克菲勒

你们自然健康地长大，如此最好。

老舍

不要只顾赶路，忘了欣赏沿途的风景。

梁启超

他们的教育理念

杨继盛

与人相处，最重要的是谦让。

每一个孩子都应该被好好宠爱。

曹操

陶渊明

朋友就像手足，要一起笑对风雨。

放开心胸，过得开心点儿就好。

范仲淹

这么先进！

输得起，比赢更重要

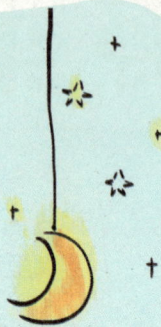

有志者见不得"放弃"二字

方子，我不是说要你做个苦行僧，但必须有志气。你喜欢干的事情看准了，就要坚持下去。为自己选择了的道路去苦干。

曹禺家书

今注 一旦确定了人生道路和目标，我们就应坚定不移地走下去，不要在意一两次的失败，坦然接受失败才能更好地迎接成功。不害怕荆棘，荆棘便会成为取暖的薪柴；不躲避风雨，风雨便会成为前行路上的一道风景。既然定下了目标，就应奋力前行，有志者人生的字典中没有"放弃"二字。

失败了从头再来

但做官实易损人格，易习于懒惰于巧滑，终非安身立命之所，吾顷方谋一二教育事业，希哲终须向此方面助我耳。

大意 做官确实容易损坏人的品格，容易让人养成懒惰的习惯和狡猾的性格，这终不能作为安身立命的根本。我最近正在筹备一些与教育相关的事业，周希哲（梁启超的女婿）最终须要转到这方面帮助我。

梁启超家书

今注 没有人能保证自己初次选择的方向就一定正确，也许在驶向目标的航程中，我们会渐渐发现，这个方向只会使我们远离自己的目标。但没关系，只要及时调整，就都来得及。固执己见的橡树只能被龙卷风连根拔起，懂得变通的芦苇才能在狂风中存活。一次的错误与失败并不能说明什么，及时调整舵的方向，人生的船才能避开暗藏的礁石，抵达成功的彼岸。

成功不是一蹴而就的

学业才识，不日进则日退，须随时随事留心着力为要。事无大小，均有一当然之理。即事穷理，何处非学？昔人云："此心如水，不流即腐。"张乖崖亦云："人当随事用智。"此为无所用心一辈人说法。果能日日留心，则一日有一日之长进；事事留心，则一事有一事之长进。由此累积，何患学业、才识不能及人耶？

大意 学业和才识，每天只要不进步就会倒退，所以需要根据不同的时间和事件，时时处处留心。事情不分大小，都有它的道理，按照事情来探究道理，哪里不是学问呢？古人说："思想就像流水一样，不流动就会陈腐。"张乖崖也说："人应当随着事情的发生使用自己的智慧。"这是针对不用心的人说的。如果真能天天留心，那么一天就有一天的长进；如果做到事事留心，那么做一事就有一事的长进。这样积累起来，怎么还会担心学业和才识不如别人呢？

左宗棠家书

今注 人生的旅途遥远又艰险，但只要我们脚踏实地，在走过的每个地方都留下自己坚实的脚印，终有一日会到达终点。只要在生活中处处留心，日积月累，水滴石穿，量变终究会引起质变，成功的硕果就在手中。

为学忌把路走窄

关于思成学业，我有点意见。思成所学太专向了，我愿意你趁毕业后一两年，分出点光阴多学些常识，尤其是文学或人文科学中之某部门，稍为多用点工夫。我怕你因所学太专门之故，把生活也弄成近于单调。太单调的生活，容易厌倦，厌倦即为苦恼，乃至堕落之根源。

梁启超家书

今注 有时候，追逐目标会成为执念，失败一次之后，我们往往会钻进牛角尖，不知所措。如果遇到这种情况，不妨暂时停下脚步，欣赏路旁的风景，了解更多的知识，开阔自己的视野。也许通往目的地的另一扇大门的钥匙，就藏在看似毫不相关的另一片知识之海里。

让知识的甘泉滋润心灵，
让生活的旋律奏响多彩的乐章。

想看更好的世界，先让世界看到更好的你

你若微笑，生活就不苦了

我这封信写得最有趣，是坐在病床上用医院吃饭用的盘当桌子写的，我发明这项工具，过几天可以在病床上临帖了。

············

诊断情形，你二叔们当陆续有详细报告，不消我说了。我写这封信，是要你们知道我的快活顽皮样子。昨晚院中各科专门医生分头来检查我的身体，各部分都查到了，都说：五十岁以上的人体子如此结实，在中国是几乎看不见第二位哩。

梁启超家书

今注 梁启超常以幽默自嘲的方式化解苦闷，缓解孩子们的担忧。他以身作则告诉我们：疾病并非不可战胜，真正可怕的是丧失对生活的信心。举起手中的镜子，笑一笑吧，镜子里的人也正在向你微笑！

积极乐观更能滋养生命

　　我想我好好的一个人，吃醉了一顿酒，被这君劢（mài）捉着错处（呆头呆脑，书呆子又蛮不讲理），如此其欺负我，你说可气不可气。君劢声势汹汹，他说我不听他的话，他有本事立刻将我驱逐出南京。问他怎么办法？他说他要开一个梁先生保命会，在各校都演说一次，不怕学生不全体签名送我出境。你说可笑不可笑。我从今日起已履行君劢所定契约了，也好，稍为清闲些。

梁启超家书

　　今注　梁启超写这封家书时正在生病，为了不让孩子们担心，他用幽默诙谐的语言描述了自己与好友张君劢相处的事。我们从中看到了梁启超积极乐观的生活态度。在生活和学习中，我们也会遇到不开心的事，比如被父母批评、与同学发生矛盾……但沉浸在低落的情绪中能改变什么吗？不能，只有心态乐观、保持自信、积极行动，学会沟通与反省，才能扭转糟糕的现状。

心怀阳光，
淋雨也是快乐的

　　我讲段笑话给你们听。有一天，我听见人说离此约十里地方钓鱼最好。我回来说给孩子们听，他们第二天一定就要去。我看见天色不好，有点沉吟，他们却已预备齐全了，牵率老夫只好同去。还没有到目的地，便下起小雨来，只好硬着头皮说"斜风细雨不须归"，哪里知道跟着便是倾盆大雨。七个人在七个驴子上，连着七个驴夫，三七二十一件动物，都变成落汤鸡，回来全身衣服绞出一大桶水。你说好笑不好笑？幸亏桂儿们没有在此，不然一定也着了。我们到底买得两尾鱼，六个大螃蟹，就算凯旋。这故事我劝他们登在《特国周报》里，主笔先生说面子上不好看，不肯登，我只好把它揭出来。

梁启超家书

今注 一群人出门钓鱼，却被浇成了落汤鸡。悲观的人会想：真倒霉，鱼没钓成还淋了雨。乐观的人会想：这样的趣事恐怕十年难得一遇吧！在生活中，我们无法避免各种意外，笑对生活，生活才会还我们以微笑。

笑着笑着，
快乐的事情就多了。

生活沉闷，
跑起来就有风

　　第三个感想也是属于加强人的积极性的。一切事物的发展，包括自然现象在内，都是由于内在的矛盾，由于旧的腐朽的东西与新的健全的东西做斗争。这个理论可以帮助我们摆脱许多不必要的烦恼，特别是留恋过去的烦恼，与追悔以往的错误的烦恼。陶渊明就说过："觉今是而昨非"，还有一句老话，叫作："过去种种譬如昨日死，现在种种譬如今日生。"对于个人的私事与感情的波动来说，都是相近似的教训。既然一切都在变，不变就是停顿，停顿就是死亡，那么为什么老是恋念过去，自伤不已，把好好的眼前的光阴也毒害了呢？认识到世界是不断变化的，就该体会到人生亦是不断变化的，就该懂得生活应该是向前看，而不是往后看。这样，你的心胸不是廓然了吗？思想不是明朗了吗？态度不是积极了吗？

傅雷家书

　　今注　事物是不断发展的，时光如流水，在一刻不停地奔流向前，我们也在不断发生着改变。因此，不要让过去的错误成为阻止我们前进的障碍。向前看，未来正等着我们去创造。

强者从失败中
看到机会

　　每个人都有失去自信，怀疑自己能力的时候，尤其是在逆境中的时候。但真正懂得行动艺术的人，却可以用坚强的毅力克服它，会告诉自己每个人都有失败的时候，有失败得很惨的时候，会告诉自己不论事前做了多少准备、思考多久，真正着手做的时候，都难免会犯错误。然而，被动的人，并不把失败视为学习和成长的机会，却总在告诫自己：或许我真的不行了，以致失去了积极参与未来的行动。

洛克菲勒家书

　　今注 每个人都有失败的时候，每次的成功背后会有无数次的失败。决定最终结果的是面对失败的态度：消极的人告诉自己，失败代表着我不行；积极的人却告诉自己，失败是又一次学习和成长的机会。

第3课 情绪稳定，才能从容不迫

心大事就小

但请思之，千古圣贤，不能免生死，不能管后事，一身从无中来，却归无中去。谁是亲疏？谁能主宰？既无奈何，即放心逍遥，任委来往。

大意 请好好想想：古往今来的圣贤，都不能避免生死，更管不了身后之事。我们都是从虚无中来，又回到虚无中去。谁是亲近、疏远之人？谁能主宰这一切？既然一切都无可奈何，那就放下心来自在逍遥，顺其自然。

范仲淹家书

今注 没有人能够面面俱到，我们应竭尽全力做好自己能做到的事，接纳自己无法改变的事，接受自己的失败与错误，才能不被下滑的成绩打倒，不被代表错误的红叉影响。希望我们的人生，都能够走向平坦与从容。

12

放宽身心，拒绝内耗

一扯到艺术，一扯到做学问，我的话就没有完，只怕我写得太多，你一下子来不及咂摸。

来信提到 Chopin［萧（肖）邦］的 Berceuse（《摇篮曲》）的表达，很有意思。以后能多写这一类的材料，最欢迎。

还要说两句有关学习的话，就是我老跟恩德说的："要有耐性，不要操之过急。越是心平气和，越有成绩。时时刻刻要承认自己是笨伯，不怕做笨功夫，那就不会期待太切，稍不进步就慌乱了。"对你，第一要紧是安排时间，多多腾出无谓的"消费时间"，我相信假如你在波兰能像在家一样，百事不打扰，每天都有七八小时在琴上，你的进步一定更快！

傅雷家书

今注 有时越想追逐名利，就越得不到；越想达成某个目标，思想包袱越大，就越做不好。我们需要抛开思想包袱，放平心态，不要被失败后的嘲笑与不堪束缚，不要被成功后的称赞与表扬桎梏，放下对成功与失败的得失心，把精神集中在正在进行的事情上，就会发现事情变得简单多了。

会努力，还要会休息

汝病何如？已痊愈耶？小小年纪何故患不寐之病。得毋用脑太过耶？日本教育识者诋为诘込（yū）主义，最足亏体气而昏神志，谅诸师所以诲汝者或不至如是，然以区区数月间，受他人两三年之学科为道实至险，故吾每以为忧也，以后受学只求理解，无须强记，非徒摄生之道，即求学亦应尔尔也。

大意 你的病怎么样了？已经全好了吗？小小年纪为什么患上了失眠的病，是不是用脑过度的缘故？了解的人都知道填鸭式教育最容易亏损身体以至于精神不济，料想诸位老师一起教导你也不至于到这种境地。然而区区几个月的时间，你就要学其他人两三年的课程，这实在是太危险了，所以我常常对这件事感到担忧。以后你学习时只要理解即可，不用强记，这并不仅仅是养生之道，对学习也应该这样。

梁启超家书

今注 书海浩瀚摸不到边界，知识深奥看不见尽头。这个世界的庞大与广阔，远不是我们在短时间内能够探查清楚的。风筝在一张一弛中飞得更高远，同样我们在一松一紧中才能学得更高效。只有适当休息、放松，才能身心舒畅，才有精神做事。看到这里，如果你已经感到疲惫，不妨放下这本书，望望远处，赏赏花草，放松放松紧绷的神经，再继续向前。

好好休息，
也是一种自律。

人生曲折更需从容

收到九月二十二日晚发的第六信，很高兴。我们并没为你前信感到什么烦恼或是不安。我在第八信中还对你预告，这种精神消沉的情形，以后还是会有的。我是过来人，决不至于大惊小怪。你也不必为此担心，更不必硬压在肚里不告诉我们。心中的苦闷不在家信中发泄，又哪里去发泄呢？孩子不向父母诉苦向谁诉呢？我们不来安慰你，又该谁来安慰你呢？人一辈子都在高潮低潮中浮沉，唯有庸碌的人，生活才如死水一般；或者要有极高的修养，方能廓然无累，真正的解脱。只要高潮不过分使你紧张，低潮不过分使你颓废，就好了。太阳太强烈，会把五谷晒焦；雨水太猛，也会淹死庄稼。我们只求心理相当平衡，不至于受伤而已。你也不是栽了筋斗爬不起来的人。我预料国外这几年，对你整个的人也有很大的帮助。这次来信所说的痛苦，我都理会得；我很同情，我愿意尽量安慰你、鼓励你。克利斯朵夫不是经过多少回这种情形吗？他不是一切艺术家的缩影与结晶吗？慢慢的（地）你会养成另外一种心情对付过去的事：就是能够想到而不再惊心动魄，能

够从客观的立场分析前因后果，做将来的借鉴，以免重蹈覆辙。一个人唯有敢于正视现实，正视错误，用理智分析，彻底感悟，终不至于被回忆侵蚀。我相信你逐渐会学会这一套，越来越坚强的。我以前在信中和你提过感情的 ruin（创伤，覆灭），就是要你把这些事当做（作）心灵的灰烬看，看的时候当然不免感触万端，但不要刻骨铭心的（地）伤害自己，而要像对着古战场一般的存着凭吊的心怀。倘若你认为这些话是对的，对你有些启发作用，那么将来在遇到因回忆而痛苦的时候（那一定免不了会再来的），拿出这封信来重读几遍。

傅雷家书

今注 傅雷在这封信中强调，我们在面对痛苦和人生的重大打击时，要学会正视现实，理智分析，豁达地看待一切，而不是沉溺在回忆中不能自拔。跌倒了，不要哭泣，拍拍尘土，坚强地站起来；遇到麻烦了，不要想着逃避，想想哪种处理方法更合适。在人生当中，谁都不希望遭遇挫折和困苦，但这却是人生的必修课，真正的成长恰恰就是在坦然应对一次次挫折后历练出来的结果。

心平气和，
从容应对困难与挑战。

学如登山，需一步步来

凡读书有难解者，不必遽（jù）求甚解。有一字不能记者，不必苦求强记，只须从容涵泳。今日看几篇，明日看几篇，久久自然有益。但于已阅过者，自作暗号，略批几字，否则历久忘其为已阅未阅矣。筠（yún）仙来江西时，余作会合诗一首，一时和者数十人，兹命书办抄一本，寄家一阅。

大意 读书有很难理解的地方，不用马上急着弄明白。有一个字不能记住，也不必苦苦要求强记，只要从容理解领会就可以了。今天看几篇，明天看几篇，时间久了自然会有进步。但是对已读过的部分一定要做出记号，稍微批注几个字，否则时间久了就会忘记是已经读过的，还是没有读过的。筠仙来江西时，我作了一首会合诗，一时间有几十人唱和，现在叫书办抄录一本，寄回家中，给大家看看。

曾国藩家书

今注 在学习的过程中，我们经常会遇到各种难题，比如某道题怎么也想不出来，课文怎么也背不下来。这时候，苦恼和着急是正常的心理反应，但是终归需要冷静下来，换个思路，正向思考行不通，那就逆向思考；今天没记住，那就明天继续背诵。拐弯的地方并不是终点，只要不钻牛角尖，心态从容些，问题都会迎刃而解。

你相信什么，
就会靠近什么

有信念的人
经得起风雨

　　我自己常常感觉我要拿自己做青年的人格模范，最少也要不愧做你们姊妹弟兄的模范。我又很相信我的孩子们，个个都会受我这种遗传和教训，不会因为环境的困苦或舒服而堕落的。你若有这种自信力，便"随遇而安"地做现在所该做的工作，将来绝不怕没有地方没有机会去磨炼，你放心罢。

梁启超家书

　　今注　拥有坚定的信念，无论做什么事，都会有精气神儿，且全力以赴；无论遇到多大的坎坷都不会陷入沮丧和堕落。一个人如果没有坚定的信念，就会变得心虚，到哪里、做什么事都会畏畏缩缩，挺不起腰杆儿来。相信谁都不愿意成为一个不自信的人，那就不妨对自己多点儿耐心，多些鼓励，相信自己终有一天能发光发热。

除流俗之习，
养天地正气

前有千古，后有百世。广延九州，旁及四夷。何所羁络？何所拘执？焉有骐驹，随行逐队？无尽之财，岂吾之积？目前之人，皆吾之治。特不屑耳，岂为吾累？

大意 在我之前有千古的悠久历史，在我之后有百世的悠悠未来。地域广泛涉及九州，还延伸到四方边远地带，有什么能束缚和限制我呢？而一个有志的人才，又哪里会庸庸碌碌地与世沉浮呢？无穷的财富，怎会是我要蓄积的物品？而眼前这些人，都是我应该影响、教化的对象，只要心中并不在意他们的豪强，他们又怎会成为我的负担呢？

王夫之家书

今注 坏习气熏染人，会令人不自觉地陷入其中，难以戒除。一个人拥有开阔的胸襟，便不会被现实所局限；一个人胸怀大志，便会远离物欲，拒绝沾染坏习气。

担忧无济于事，还会摧毁自信

目前你的比赛节目既然差不多了，technic（技巧），pedal（踏板）也解决了，那更不必过分拖累身子！再加一个半月的琢磨，自然还会百尺竿头，更进一步；你不用急，不但你有信心，老师也有信心，我们大家都有信心：主要仍在于心理修养，精神修养，存了"得失置之度外""胜败兵家之常"那样无挂无碍的心，包你没有问题的。

傅雷家书

今注 自信是建立在对自我清晰准确的认知之上的。自信的人拥有一颗强大的内心，任何困难在他们面前都会变得不堪一击；自信的人能够坦然地接受自己的错误，并及时做出改变。

成功源于自信加坚持

　　我亲眼见过中级干部从解放军复员而做园艺工作，四年工夫已成了出色的专家。佛子岭水库的总指挥也是复员军人出身，遇到工程师们各执一见、相持不下时，他出来凭马列主义和他专业的学习下的结论，每次都很正确。可见只要年富力强，只要有自信，有毅力，死不服气地去学技术，外行变为内行也不是太难的。

傅雷家书

今注 真正的光明并非没有黑暗的时刻，只是不会永远被黑暗淹没罢了。人也不可能十全十美，人生也不可能总是顺顺利利的。看清自己的不完美，自信而不执拗；接受生活的不完美，自信而不放弃。

自信是迈向成功的第一步。

自信有度，及时悔改

兄昔年自负本领甚大，可屈可伸，可行可藏，又每见得人家不是。自从丁巳、戊午大悔大悟之后，乃知自己全无本领，凡事都见得人家有几分是处。故自戊午至今九载，与四十岁以前迥不相同。大约以"能立能达"为体，以"不怨不尤"为用。立者，发奋自强，站得住也；达者，办事圆融，行得通也。吾九年以来，痛戒无恒之弊，看书写字，从未间断；选将练兵，亦常留心。此皆自强、能立功夫。

大意 过去我很自负，以为自己的本领大，可屈可伸，可以出仕也可退隐，还经常看见别人的不足。自从丁巳、戊午这两年大悔大悟之后，我才知道自己没有本领，什么事都看得见别人有过人之处。所以自戊午年到现在的九年里，我与四十岁以前完全不同。大约以能有所创立、能够通达作为人生根本，以不怨天尤人为处世方针。立，是发奋自强、站得住的意思；达，是办事周到、行得通的意思。我这九年以来，痛下决心改掉没有恒心的毛病，看书写字，从不间断；选将练兵，也时时留心。这都是自强自立的功夫。

曾国藩家书

自信过度就容易目空一切，做事冲动，不计后果。

今注 过于自信，就成了自负，看不到自己的不足，看不到他人的优点，最终不免要受挫。不自信的人，往往会有些胆怯，缺乏行动的勇气。所以，无论是过于自信还是不自信，我们都需要调整心态，及时改正，看见别人的长处，认识到自己的不足，方能有所长进。

自信者最忌束缚思想和行动

　　一般青年对任何学科很少能做独立思考，不仅缺乏自信，便是给了他们方向，也不会自己摸索。原因极多，不能怪他们。十余年来的教育方法大概有些缺陷。青年人不会触类旁通，研究哪一门学问都难有成就。思想统一固然有统一的好处；但到了后来，念头只会往一个方向转，只会走直线，眼睛只看到一条路，也会陷于单调、贫乏、停滞。往一个方向钻并非坏事，可惜没钻得深。

傅雷家书

　　今注 这里讲了青年人受过去的教育方法的影响，普遍缺乏独立思考的能力和自信，难以触类旁通、深入研究问题。这就导致做事时，容易被别人影响；聊天时，一味顺从别人的意思；学习时，只会背诵标准答案，只会应试考试。这些都是缺乏自信和独立思考能力的表现。然而，在这个知识爆炸的时代，大家都在努力，只有更加自信和努力者，才不会被时代抛弃。

自信和爱思考的人，
关键时刻会有自己合理的判断。

凡是过往，必有成长

接受自己不能改变的

闻汝充役，室如悬磬，何以自辨？论德则吾薄，说居则吾贫，勿以薄而志不壮，贫而行不高也！

大意 听说你充任劳役，家中一贫如洗，你如何看待这件事呢？说到品德，我们的确品德浅薄；说到居住环境，我们的确家业贫寒。但是，不要因为德薄就志向不壮伟，不要因为家贫就行为不高尚啊！

司马徽《诫子书》

今注 无法改变家庭的贫穷，却可以努力实现自己的志向。家徒四壁，并不影响修炼德行。成绩下降了，那就认真补习，尽快提升；鞋子破了，那就再买双新的……接受自己不能改变的，改变自己能改变的，才是最好的生活状态和学习状态。

不经挫折难有成就

做官能称职，颇不容易。做一件好事，亦须几番盘根错节，而后有成。昔人事业到手，即能处措裕如，均由平常留心体验，能明其理，习于其事所致，未有当前遇事放过，而日后有成者也。

大意 做官的人能称职，很不容易。即使做一件好事，也得经过几番挫折和许多困难，然后才能取得成效。古人在事业上取得一定成就，能自如地处理各种情况，是因为平常留心积累经验，将学到的道理运用于解决问题的过程中。从未有过不屑于努力做好当前遇到的事情，却能在日后取得成就的人。

《李鸿章寄四弟》

今注 人在一次次跌倒又一次次爬起后，学会了走路；被信任的同学伤害后，懂得了什么样的朋友可交。人的一生就是如此，总会不断经历各种挫折。只要我们不放弃，从挫折中汲取智慧和方法，挫折就会成为我们成长路上的宝贵经验，帮助我们日后取得成就。

失败走向成功只差加倍努力

再想到一九四九年第四届比赛的时期，你流浪在昆明，那时你的生活，你的苦闷，你的渺茫的前途，跟今日之下相比，不像是作（做）梦吧？谁想得到，一九五一年回上海时只弹"*Pathetique*"*Sonata*（《"悲怆"奏鸣曲》）还没弹好的人，五年以后会在国际乐坛的竞赛中名列第三？多少迂回的路，多少痛苦，多少失意，多少挫折，换来你今日的成功！可见为了获得更大的成功，只有加倍努力，同时也得期待别的迂回、别的挫折。我时时刻刻要提醒你，想着过去的艰难，让你以后遇到困难的时候更有勇气去克服，不至于失掉信心！人生本是没穷尽没终点的马拉松赛跑，你的路程还长得很呢：这不过是一个光辉的开场。

傅雷家书

今注 太阳遭遇乌云遮挡，尽力冲破云层，直至绽放光彩；河流遇到礁石阻挡，毫不畏惧，带着美丽的浪花拐个弯前行。我们的人生又何尝是坦途？当你不但没放弃，还做好了随时应对的准备，并且更加努力的时候，困难和挫折便会过去，成功便会到来。

勇敢是含着泪
继续奔跑

　　我更高兴的更安慰的是：多少过分的谀词与夸奖，都没有使你丧失自知之明，众人的掌声、拥抱，名流的赞美，都没有减少你对艺术的谦卑！总算我的教育没有白费，你二十年的折磨没有白受！你能坚强（不为胜利冲昏了头脑是坚强的最好的证据），只要你能坚强，我就一辈子放了心！成就的大小、高低，是不在我们掌握之内的，一半靠人力，一半靠天赋，但只要坚强，就不怕失败，不怕挫折，不怕打击——不管是人事上的，生活上的，技术上的，学习上的——打击；从此以后你可以孤军奋斗了。

挫折

苦难

挫折

何况事实上有多少良师益友在周围帮助你，扶掖（yè）你。还加上古今的名著，时时刻刻给你精神上的养料！孩子，从今以后，你永远不会孤独的了，即使孤独也不怕的了！

傅雷家书

今注 没有一帆风顺的人生，在生命的旅途中，我们一定会遇到大大小小的挫折和困境。正如攀登高山，爬到半路气喘吁吁，无力再前行了；做数学题，解题思路行不通了；写作文，构思到一半，灵感枯竭了。怎么办呢？我们可以停下来休息片刻再继续，可以换个解题思路，可以搜集查找一下相关资料，唯独不能放弃。

失败乃历练，成功往后看

昔某官有一门生为本省学政，托以两孙，当面拜为门生。后其两孙岁考临场大病，科考丁艰，竟不入学。数年后两孙乃皆入，其长者仍得两榜。此可见早迟之际，时刻皆有前定。尽其在我，听其在天，万不可稍生妄想。六弟天分较诸弟更高，今年受黜，未免愤怨，然及此正可困心横虑，大加卧薪尝胆之功，切不可因愤废学。

大意 过去有一位官员的门生做本省的学政（学官名，专门管科举考试），这位官员就将自己的两个孙儿托付给门生，当面拜他为师。后来两个孙儿在临近年考时大病一场，到了科举考试时，又因父母去世而必须在家里守孝，结果竟不能被录取。多年后两个孙儿才都入了学，其中年长者还连中两榜。由此可见，时间早晚，都是定好的。能不能尽力而为在于自己，不要有妄想。六弟的天分比其他几位兄弟高一些，今年没有考取，难免气愤埋怨，但这时候正应该在困境中不断积累，狠下一番卧薪尝胆的功夫，千万不能因气愤而废弃学业。

曾国藩家书

今注 对待学习，我们应尽自己最大的努力，专心致志地听讲，全力以赴地投入学业。至于考试，有很多影响因素，如果考得不好，也不要气馁。相反，我们应该从中吸取经验教训，再接再厉，通过不断努力和积累经验，一定会在学业上有所收获。

愿你的善良
带点儿锋芒

心地善良，就很好了

你出国七八个月，写回来的信并没什么过火之处，偶尔有些过于相信人或是怀疑人的话，我也看得出来，也会打些小折扣。一个热情的人，尤其是青年，过火是免不了的；只要心地善良、正直，胸襟宽，能及时改正自己的判断，不固执己见，那就很好了。

傅雷家书

今注 善良是一种人生的底色。无论在世界的哪个角落，善良都是人们通用的语言。善良是你在下雨天为流浪的小动物撑起的伞，善良是你在有余力的情况下及时向他人伸出的援手。善良会让你拥有更多快乐，因为你会发现自己是被需要的，是有价值的。而善良的人也终将被世界温柔以待。

本质的善良，
能抵御任何风浪

我觉得最主要的还是本质的善良，天性的温厚，开阔的胸襟。有了这三样，其他都可以逐渐培养；而且有了这三样，将来即使遇到大大小小的风波也不致变成悲剧。

傅雷家书

今注 "本质的善良，天性的温厚，开阔的胸襟"这三种品质，傅雷是很看重的。他认为这三种品质是做人的基础，是在人生中面对风浪的基石。他不仅要求自己的儿子具备这三种品质，也让儿子把这三点作为选择终生伴侣的基本要求。我们在培养自己的品格和交友时，也可以参考和借鉴这三点。

谢谢你，
无惧现实，伸出援手。

懂得感恩，也是一种善良

六弟、九弟之岳家，皆寡妇孤儿，槁（gǎo）饿无策。我家不拯之，则孰拯之者？我家少八两，未必遂为债户逼取；渠得八两，则举室回春。贤弟试设身处地，而知其如救水火也。彭王姑待我甚厚，晚年家贫，见我辄泣。兹王姑已没，故赠宜仁王姑丈，亦不忍以死视王姑之意也。腾七，则姑之子，与我同孩提长养。各舅祖，则推祖母之爱而及也。

大意 六弟和九弟的岳父母家都是孤儿寡妇，忍饥挨饿却束手无策。我家不去救济他们，那谁去救济呢？我家少八两银子，不一定受债主逼迫；他们有了八两银子，则全家会渡过难关。贤弟试着设身处地想想，便知道这好比救人于水深火热之中啊！彭王姑对我很宽厚，她晚年家贫，看见我就哭。现在她老人家已经过世，所以我要分赠一些银两给宜仁王姑丈，也是不忍因王姑死了就不念旧情的缘故。分赠一些银两给腾七，因为他是姑母的儿子，与我一起长大。分赠一些银两给各舅祖，是因为将对祖母的爱推及他们。

曾国藩家书

今注 我们应该时刻铭记那些曾经对我们伸出援手的人，心怀感念，及时报答，也要不吝惜伸出援助之手。也许正是因为你的善举，他们才能从困境中解脱。我们这样做并不是为了炫耀自己的豪爽和仗义，而是出于真诚的善意和对他人困境的深切理解，以及感恩他们曾经给予我们的帮助。

行善需讲原则

周济受害绅民，非泛爱博施之谓，但偶遇一家之中杀害数口者、流转迁徙归来无食者、房屋被焚栖止靡定者，或与之数十金，以周其急。先星冈公云："济人须济急时无。"又云："随缘布施，专以目之所触为主。"即孟子所称"是乃仁术也"。若目无所触，而泛求被害之家而济之，与造册发赈一例，则带兵者专行沽名之事，必为地方官所讥，且有挂一漏万之虑。弟之所见，深为切中事理。

大意 周济受害的士绅和百姓，不是说要广施恩惠，只是偶然见到一家之中有好几口人被杀害的、流转迁徙归来没饭吃的、房屋被烧没有地方可以容身的人，有时发给他们数十两银子，以应急需。先祖星冈公说："救济人要救急难中没有钱的人。"又说："随缘分布施，专以亲眼所见的为主。"这就是孟子说的施仁的方法。如果没有亲眼看见，而泛泛去找受害人救济，这和打造名册发救济没有区别，会被看作带兵的人专干沽名钓誉的事，一定会被地方官讥讽，并且有挂一漏万的忧虑。弟弟的这种见解，深深切中事理要害。

曾国藩家书

今注 这里曾国藩给弟弟的信中主要强调的是，要救济确有需要的人，而不仅是给予泛泛的帮助。我们常常说做人要善良，但善良也不能糊里糊涂，见谁都做行善之事。我们要帮助那些确实需要帮助的人，而不是为了沽名钓誉、弄虚作假。

真正的善良，不问得失

凡仁心之发，必一鼓作气，尽吾力之所能为。稍有转念，则疑心生，私心亦生。疑心生，则计较多而出纳吝矣；私心生，则好恶偏而轻重乖矣。使家中慷慨乐与，则慎无以吾书生堂上之转念也。使堂上无转念，则此举也，阿兄发之，堂上成之，无论其为是为非，诸弟置之不论可耳。向使去年得云贵、广西等省苦差，并无一钱寄家，家中亦不能责我也。

大意 凡是行仁义的念头一产生，一定要一鼓作气，尽自己的最大努力去做，稍微有转变的念头，迟疑之心就会产生，私心杂念也就随之而生了。迟疑之心一产生，计较就多了，吝啬之心便产生了；私心一产生，那么好恶就会发生偏差，轻重也将失衡。假如家里慷慨乐施，那请千万谨慎，不要因为我的信而使堂上大人改变想法。要使堂上大人不改变想法，那这件事，由我发起，由堂上大人成全，不管是对是错，弟弟们可以不去管它。假如去年我得的是云南、贵州、广西等地的苦差，没有寄回家一分钱，家里也是不能责怪我的。

曾国藩家书

今注 在决策任何事情时，一旦开始权衡利弊、患得患失，那么行为效果就会大打折扣。也许一时的善良需要我们多付出一些，但帮助别人之后内心的快乐亦是回报之一。

第7课 不被物欲捆绑，才能与快乐相伴

生活需要厉行节约

你在国外求学，"厉行节约"四字也应该竭力做到。我们的家用，从上月起开始每周做决算，拿来与预算核对，看看有否超过？若有，要研究原因，下周内就得设法防止。希望你也努力，因为你音乐会收入多，花钱更容易不假思索，满不在乎。

傅雷家书

今注 生活需要厉行节约，我们应理性消费，根据自己家庭的收入状况和生活水准合理分配钱财。可以准备一个记账本，每周复盘一下家庭的收支，做好消费计划。这样可以避免入不敷出，让自己不至于陷入生活压力之中。

勤俭无不兴

要实行"勤""俭"二字。内间妯娌不可多写铺帐。后辈诸儿须走路，不可坐轿骑马。诸女莫太懒，宜学烧茶、煮菜。书、蔬、鱼、猪，一家之生气。少睡多做，一人之生气。勤者，生动之气；俭者，收敛之气。有此二字，家运断无不兴之理。余去年在家，未将此二字切实做工夫，至今愧憾，是以谆谆言之。

大意 要实行"勤""俭"二字。妯娌之间不可以过多地在外面店铺签单赊账。孩子们尽可能走路，不可以坐轿子或骑马。各个女儿也不要懒惰，最好学习烧茶、煮饭菜。读书、种菜、养鱼、喂猪，是一户人家生气之所在。少睡觉，多做事，是一个人生气之所在。勤，是生动之气；俭，是收敛之气。有这两个字，家运绝对没有不兴旺的道理。我去年在家里，没有在这两个字上切实下功夫，至今觉得惭愧和遗憾，所以才再三强调。

曾国藩家书

今注 在当今这样一个物质丰富的世界里，能够坚守勤俭之心实属不易。勤俭不仅仅是一种品质，更是一个人一生的财富。铺张浪费带来的快感是短暂的，通过勤奋劳动找到自己的价值才会给人提供源源不断的生机与活力。

勤俭就是做好点滴小事

　　吾家累世以来，孝弟勤俭。辅臣公以上吾不及见，竟希公、星冈公皆未明即起，竟日无片刻暇逸。竟希公少时在陈氏宗祠读书，正月上学，辅臣公给钱一百，为零用之需。五月归时，仅用去一文，尚余九十九文还其父。其俭如此。星冈公当孙入翰林之后，犹亲自种菜、收粪。吾父竹亭公之勤俭，则尔等所及见也。今家中境地虽渐宽裕，俭与诸昆弟切不可忘却先世之艰难。有福不可享尽，有势不可使尽。"勤"字工夫，第一贵早起，第二贵有恒。"俭"字工夫，第一莫着华丽衣服，第二莫多用仆婢雇工。

　　大意 我们家几代人都保持着孝顺父母、敬爱兄长、勤俭节约的家风。高祖辅臣公以上各代我没见过，曾祖竟希公、祖父星冈公等都是天还没亮的时候就起床，一天里没有一点儿闲暇逸乐。竟希公年少时在陈氏宗祠读书，正月上学，辅臣公给他一百文钱作零用钱，到五月回家时，只用去一文钱，还剩九十九文还给他父亲。他就是如此节俭。星冈公在他的孙辈入了翰林院之后，仍亲自种菜、收粪。我父亲竹亭公的勤俭，则是你们看到过的。现在家中虽逐渐宽裕，侄儿以及你们兄弟们千万不能忘记先代的艰难。有福分不能尽享，有权势也不能尽使。"勤"字的素养，第一贵在每天早起，第二贵在有恒心。"俭"字的素养，第一不要穿华丽衣服，第二不要过多地用仆人、婢女和雇工。

曾国藩家书

今注 勤俭节约，是一种适度、节用、合理的生活态度，是中华民族的传统美德。勤俭节约应从我们日常生活中的点滴小事做起：珍惜时间，不沉迷于玩耍；合理消费，不乱花钱，不向父母提无理要求；珍惜粮食；爱护物品；等等。人人厉行勤俭节约，有助于形成良好的社会风尚。

一粥一饭，当思来处不易。

小节俭，大未来

居家之道，惟崇俭可以长久。处乱世尤以戒奢侈为要义。衣服不宜多制，尤不宜大镶大缘，过于绚烂。尔教导诸妹，敬听父训，自有可久之理。

大意 居家之道，只有崇尚节俭才可以长久。处于乱世更应以戒除奢侈为第一要紧事。衣服不应缝制太多，更不宜镶边、缘饰太多，过于华贵奢侈。你要教导妹妹们，谨听父亲的教育训诫，自然会有可以长久的道理。

曾国藩家书

今注 衣服、玩具、文具……够用就好，无须追求数量、追求华贵。虽然学生时代，我们花的钱大多是父母给的，但我们可以尝试主动削减不必要的开支，把钱用在更有意义的地方，比如多买些书，通过读书丰富我们的精神世界。追求物质的丰饶会让我们越来越难感到满足，追求精神的富足则会让我们内心更加安定。

管理好收支，积累住财富

但所谓物质保障首先要看你的生活水准，其次要看你会不会安排收支，保持平衡，经常有规律的储蓄。生活水准本身就是可上可下，好坏程度、高低等级多至不可胜计的；究竟自己预备以哪一种水准为准，需要想个清楚，弄个彻底，然后用坚强的意志去贯彻。唯有如此，方谈得到安排收支等等的理财之道。

…………

你一向还认为朴素是中国人的美德，尤其中国艺术家传统都以清贫自傲：像你目前的起居生活也谈不到清贫，能将就还是将就一下好。有了孩子，各式各样不可预料的支出随着他年龄而一天天加多；即使此刻手头还能周转，最好还是存一些款子，以备孩子身上有什么必不可少的开支时应用。

傅雷家书

`今注` 物质是生活的保障，财富是使生活有物质保障的基础。生活需要精打细算，我们要管理好收支，不过度节约，但也要合理规划自己的消费，有规律地存一些钱。这样做，既可以应对必不可少的消费压力，又可以使生活更加自由和从容。

不善理财必受物质之累

　　另一问题始终说服不了你，但为你的长久利益与未来的幸福不得不再和你唠叨。你历来厌恶物质，避而不谈；殊不知避而不谈并不解决问题，要不受物质之累，只有克服物质、控制物质，把收支情况让我们知道一个大概，帮你出主意妥善安排。唯有妥善安排才能不受物质奴役。凡不长于理财的人少有不吃银钱之苦的。我和你妈妈在这方面自问还有相当经验可给你作参考。

傅雷家书

　　今注 生活离不开物质消费，但也不要过度追求物质。学会理财，理性消费，不受物质之累，我们才能掌握生活的主动权。但凡不会理财、不屑于理财的人，难抵诱惑，不免冲动购物，等到真正有必要需求而不得不消费时，手中钱财所剩无几，不免要备受窘困了。

让心灵
在谦让中宁静

做人谦让，做事和谐

汝守官处小心不得欺事，与同官和睦多礼，有事只与同官议，莫与公人商量，莫纵乡亲来部下兴贩，自家且一向清心做官，莫营私利。

大意 你们在做官期间要小心，千万不要做欺上瞒下的事情，要和同僚保持和睦礼让的关系，有事情要和同僚多商量，不要和手下的差役商量，不要放纵乡亲来这里做买卖获取利益。自己要一直清正廉洁地做官，不可结党营私，谋求私利。

范仲淹《告诸子及弟侄》

今注 与人接触，免不了有摩擦，甚至是冲突。所以面对冲突时，我们要学会调整情绪，懂得谦让。在工作中与同事维持和谐谦让的关系，大家才能齐心协力，共同提升工作效率。同样，在学校里也是如此，不要什么事都斤斤计较，与同学保持和睦谦让的关系，大家相处融洽，才能在学习的过程中相互帮助，共同进步。

治家最是少不得忍和让

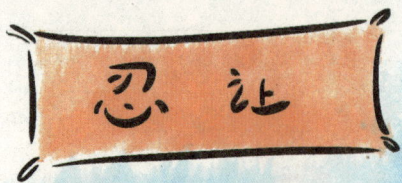

忍让

何谓齐家？不争田地，不占山林，不尚争斗，不肆强梁，不败乡里，不凌宗族，不尚奢侈；弟让其兄，侄让其叔，妇敬其夫，奴恭其主；只要认得一"忍"字、一"让"字，便齐得家也。

大意 怎样才能使家族成员齐心协力、和睦相处呢？不争占土地，不强占山林，不主张争夺，不随意强横凶暴，不危害乡邻，不欺压族人，不主张铺张浪费；兄弟之间相互谦让，叔侄之间相互礼让，妻子尊敬丈夫，仆人对主人恭敬。只要懂得"忍""让"二字，就可以使家庭和睦了。

罗伦《戒族人书》

今注 和睦的家庭是用心打造的，遇到问题或产生矛盾时，家庭成员之间要相互谦让，各退一步，不要因一时冲动做出不可挽回的事。就像罗伦在家书中所说："只要认得一'忍'字、一'让'字，便齐得家也。""忍""让"不是让我们在家里一味地委屈自己，而是成员之间都要学会互相尊重和谦让，用平和的态度解决问题。只有如此，才能营造一个温暖友爱的大家庭，才能"齐家"，才能让家里的每位成员感受到无尽的爱与支持。

吃些谦让的"苦"没坏处

与人相处之道，第一要谦下诚实。同干事则不避劳苦，同饮食则勿甘甜美，同行走则勿择好路，同睡寝则勿占床席。吾宁让人，勿使人让，吾宁容人，勿使人容；吾宁吃人亏，勿使人吃吾亏；宁受人气，勿使人受吾之气。

大意 与别人相处之道，第一要谦虚诚实。一起做事时不能怕吃苦，一起吃东西时不能全挑好的，一起走路时不要只走好走的地方，同睡一间屋子时不能只睡好的床铺。宁可谦让别人，不要让别人谦让自己；要包容别人，不要总是让别人包容自己；宁可吃别人的亏，不要让别人吃自己的亏；宁可受别人的气，不要让别人受自己的气。

杨继盛《谕应尾、应箕两儿》

今注 古人常说："吃亏是福。"这是有一定道理的。它教会我们在面对挫折时，要以积极、豁达的心态去看待，并从中汲取成长的力量。而且我们以"吃亏是福"的心态、谦虚的态度主动关心别人，礼让别人，那么在自己有困难的时候，别人也愿意伸出援助之手。

人生智慧刚与柔

近来见得天地之道，刚柔互用，不用偏废，太柔则靡，太刚则折。刚非暴戾之谓也，强矫而已；柔非卑弱之谓也，谦退而已。趋事赴公，则当强矫；争名逐利，则当谦退。开创家业，则当强矫；守成安乐，则当谦退。出与人物应接，则当强矫；入与妻孥享受，则当谦退。

大意 近年来体会到天地之道，要刚柔互用，不可偏废。太柔会萎靡不振，太刚则会折断。刚不是残暴之意，是要坚定不移；柔不是卑下软弱之意，是要谦虚退让。办事为公，则要刚强；争名逐利，则要谦让。开创家业，则要刚强；守成安业，则应谦让。在外接人待物，则应当刚强；回家与妻子儿女享受家庭乐趣，则应当谦让。

曾国藩家书

今注 在与人相处的过程中，我们要保持稳定的情绪，要学会刚柔相济。刚，意味着坚定的原则和不可动摇的底线；柔，则代表着谦让、理解和包容。面对不同的情境时，我们不急不躁，刚柔并济，人生会更加顺畅。

谦恭勤俭，长久立身

　　居官不过偶然之事，居家乃是长久之计。能从勤俭耕读上做出好规模，虽一旦罢官，尚不失为兴旺气象。若贪图衙门之热闹，不立家乡之基业，则罢官之后，便觉气象萧索。凡有盛必有衰，不可不预为之计。望夫人教训儿孙妇女，常常作家中无官之想，时时有谦恭省俭之意，则福泽悠久，余心大慰矣。

　　大意 做官不过是一时的事，居家才是长久的状态。能在勤俭耕田、勤奋读书上开创一个好局面，即使哪天辞了官，还是一番兴旺的景象。如果贪图衙门里的热闹，不创立家乡的基业，那么辞官之后，就会觉得气象萧条了。凡事有盛必有衰，不可不提前做准备。希望夫人教育儿孙晚辈，要常常当家里无人做官，时刻有谦让、恭敬、节俭的想法，那么就会给后代带来永久的幸福，这样我会感到十分欣慰。

曾国藩家书

　　今注 谦让、恭敬、节俭不仅能使家族繁荣昌盛，还能为后代带来福祉。一个人为人处世的态度越平和，越懂得谦让、恭敬，越能长久受益；越喜怒无常、飞扬跋扈、仗势欺人，就越损耗人缘，没人愿意接近，自己可能会变得孤立无援。

发自内心的真诚，让我们更加平和、坦荡

为人真诚，不盲目自爱

真诚是第一把艺术的钥匙。知之为知之，不知为不知。真诚的"不懂"，比不真诚的"懂"，还叫人好受些。最可厌的莫如自以为是，自作解人。有了真诚，才会有虚心，有了虚心，才肯丢开自己去了解别人，也才能放下虚伪的自尊心去了解自己。建筑在了解自己了解别人上面的爱，才不是盲目的爱。

傅雷家书

今注 真诚是一个人的立足之本，它让我们直面内心的真实情绪，也让我们更好地理解他人处境。同时，真诚要求我们诚实坦荡，不自以为是，不妄自菲薄。真诚地接纳自己的不足，在别人提出好的意见时，不要生气反驳，要虚心接受。

真诚最能打动人

我认为一个人只要真诚，总能打动人的；即使人家一时不了解，日后仍会了解的。我这个提议，你觉得如何？因为我一生做事，总是第一坦白，第二坦白，第三还是坦白。绕圈子，躲躲闪闪，反易叫人疑心；你耍手段，倒不如光明正大，实话实说，只要态度诚恳、谦卑、恭敬，无论如何人家不会对你怎么的。我的经验，和一个爱弄手段的人打交道，永远以自己的本来面目对付，他也不会用手段对付你，倒反看重你的。你不要害怕，不要羞怯，不要不好意思；但话一定要说得真诚老实。既然这是你一生的关键，就得拿出勇气来面对事实，用最光明正大的态度来应付，无须那些不必要的顾虑，而不说真话！就是在实际做的时候，要注意措辞及步骤。只要你的感情是真实的，别人一定会感觉到，不会误解的。

傅雷家书

今注 古人云："路遥知马力，日久见人心。"没有什么事情是能够一直隐藏的，做人最忌虚伪、不坦诚，只有真诚最能打动人心。发自内心的真诚，别人是能感觉到的。真实地表达出自己的喜怒哀乐，有时会增加彼此之间的信任感。而缺乏真诚或情绪化的交流，可能导致误解、冲突和疏远。

真诚要恰当地表达出来

　　十二日，安五来营，寄第二号家信，亮已收到。治军总须脚踏实地，克勤小物，乃可日起而有功。凡与人晋接周旋，若无真意，则不足以感人。然徒有真意而无文饰以将之，则真意亦无所托之以出，《礼》所称"无文不行"也。余生平不讲文饰，到处行不动，近来大悟前非。弟在外办事，宜随时斟酌也。

　　大意　十二日，安五到军营寄去第二封家信，想必已经收到了。治理军队总要脚踏实地，从小事做起，才能一天天积累起来而有功。凡是与别人接触周旋，如果不以诚相待，那就不足以打动别人。但仅仅有诚意，而没有客套来表现，那么诚意也无从表达，这就是《礼记》里所说的"没有文饰行不通"。我生平不讲究文饰客套，因此到处碰壁，近来大悟以前的过失。弟弟在外办事，应该时时考虑。

曾国藩家书

　　今注　与人交往时，以诚相待才能建立信任。但仅仅有真诚的态度是不够的，还需要以恰当的方式表达出自己的真诚之意，比如认真倾听他人的想法和需求，对他人表达关心和尊重，是真诚；微笑面对他人，表达你的善意和友好，是真诚；态度谦虚，心态平和，不给他人造成压力，也是真诚。

用真诚
感动他人。

风俗教化必以真诚为本

禁奸吏必止其邪心，不徒革面。为政必以风化德礼为先，风化必以至诚为本。民讼既简，每日可着一时工夫，详与理会，因训道之，使趋于善，且以风动左右，不无益也。

大意 要禁止奸诈的官员做坏事就要从根本上消除邪念，不能只是改变表面。处理政务务必要以风俗教化、道德仁义为基本，而风俗教化又必须以真诚为根本。民间的诉讼案件日益减少，每天可抽出一些时间接触百姓，教育他们，让他们懂得礼仪，进而向善，并且以身作则为身边的人树立榜样，让人们主动效仿，是非常有好处的。

胡安国家书

今注 利用奸邪虚伪，只能得到短暂的支持；坚守真诚善良，才能赢得长久的掌声。消除邪念，保持真诚的态度，与人为善，传递温情。一个充满真诚和友爱的学习环境，会让我们感到轻松愉悦，这对于我们的成长和发展是十分重要的。

真诚者
最令人佩服

　　澄弟自到帮办以来，千辛万苦，巨细必亲。在衡数月，尤为竭力尽心。衡郡诸绅佩服，以为从来所未有。昨日有郑桂森上条陈，言见澄侯先生在湘阴时景象，渠在船上，不觉感激泣下云云。澄弟之才力诚心，实为人所难学。

　　大意 澄弟自到省城担任帮办（官名，为主管官副职）以来，千辛万苦，不管事情大小，都事必躬亲。在衡州（今湖南衡阳）的几个月，更是尽心竭力。衡州的各位士绅都很佩服，认为从来没有像他这样的人。昨天有个叫郑桂森的陈述情况，说看到澄侯先生在湘阴时的景象，他在船上，觉得十分感动，等等。澄弟的才能和诚心，实在是他人难以学到的。

曾国藩家书

　　今注 虚伪者花言巧语，终不可信。真诚者做事踏实，不管事情大小，尽自己最大努力去做；真诚者信守承诺，不欺骗他人；真诚者遇事往往心平气和，情绪稳定，不尖酸刻薄……真诚者令人佩服。真诚本就具有无坚不摧的力量。

以诚待人者，人亦诚而应

左季高待弟极关切，弟即宜以真心相向，不可常怀智术以相迎距。凡人以伪来，我以诚往，久之则伪者亦共趋于诚矣。

大意 左季高对弟弟极为关切，弟弟也应该用真心相对，不可以经常运用权术与之往来。凡他人用虚伪来对我，我也用真诚去对他，时间久了虚伪的人也会变得真诚了。

曾国藩家书

今注 真诚不是锱铢必较，不是情感投资，而是纯洁无瑕的真情实意。要以"投我以木桃，报之以琼瑶"的真诚态度回报帮助过自己的人。对于虚伪的人，我们要多包容，真诚地规劝他，或许时间久了，他人也会被影响，最终也会变得真诚。

第10课 用包容之心
驾驭情绪之舟

严于律己，宽以待人

　　我只想提醒你几点：第一，世界上最有力的论证莫如实际行动，最有效的教育莫如以身作则；自己做不到的事千万勿要求别人；自己也要犯的毛病先批评自己，先改自己的。第二，永远不要忘了我教育你的时候犯的许多过严的毛病。我过去的错误要是能使你避免同样的错误，我的罪过也可以减轻几分；你受过的痛苦不再施之于他人，你也不算白白吃苦。

傅雷家书

　　今注 包容意味着我们在面对冲突时，能够主动调节自己的情绪，不计较他人激烈的言辞。向别人提出要求前，自己要先做到；批评别人前，先反省一下自己有没有同样的问题。无论生活还是学习，这是对自身的情绪调控，也是对他人的尊重和包容。

包容是一种智慧

大率平生乐处，欲以天地为囿，江汉为池，各适其天，斯为大快。比之盆鱼笼鸟，其钜细仁忍何如也！

大意 大概平生最快乐的事，就是想着把天地作为园林，长江、汉水作为水池，万物各自适意于它本然的天性，这才是最快意的。这和盆里养鱼、笼中养鸟比较起来，其胸襟之宽阔与窄小，存心之仁厚与残忍，哪一种更好呢？

郑燮家书

今注 包容是一种包蕴万物、气吞山河的气度，可以帮助我们获得内心的平静和满足。当拥有了宽广的胸怀，我们自然不会再去计较那些微不足道的小事；当我们减少在小事上的纠缠，视野自然会变得更加开阔，我们能有更远大的目标和理想。因此，包容就是时刻觉察自己的心态，用更积极的态度去拥抱生活。

包容他人，也放过自己

往年心中愧悔之事，与官场不和之事，近亦次第消融而弥缝之。惟七年在家度量太小，说话太鄙，至今悔之。此外方寸尚泰然也。

大意 往年心中羞愧悔恨之事、与官场不和之事，近来也逐渐消除弥合了。只有咸丰七年在家时，度量太小，说话太刻薄，至今后悔。除此之外，心中还是坦然的。

曾国藩家书

今注 包容是能够倾听他人的意见和感受，理解他人的情绪状态，通过好好沟通消除隔阂。在生活中，不是所有的人都与我们有眼缘，不是所有的事都能让我们如愿。无论喜不喜欢，接不接受，我们都要面对。调整好自己的心态，学会包容，戒掉伤人恶语，心中会更舒坦。

成事者无不宽容敬畏

圣门教人不外"敬""恕"二字，天德王道，彻始彻终；性功事功，俱可包括。余生平于"敬"字无工夫，是以五十而无所成。至于"恕"字，在京时亦曾讲求及之。近岁在外，恶人以白眼藐视京官，又因本性倔强，渐近于愎。不知不觉，做出许多不恕之事，说出许多不恕之话，至今愧耻无已。弟于"恕"字，颇有工夫，天质胜于阿兄一筹。至于"敬"字，则亦未尝用力，宜从此日致其功，于《论语》之"九思"，《玉藻》之"九容"，勉强行之。临之以庄，则下自加敬。习惯自然，久久遂成德器，庶不至徒做一场话说，四十、五十而无闻也。

大意 圣人教导人们不外乎"敬""恕"两个字，天德、王道，贯通始终；修身养性的功夫、治事的功夫，也全都可以包括。我生平在"敬"字上没下过什么功夫，因此到了五十岁还没有成就。至于"恕"字，我在京城时也曾讲究、追求过。近些年在外，讨厌人家总翻白眼藐视我这个京官，又因为本性倔强，渐渐变得固执任性，不知不觉做出许多"不恕"的事、说出许多"不恕"的话，至今羞愧不已。弟弟在"恕"字上很有造诣，天分胜过我一筹。至于"敬"字，弟弟也未曾用心，应该从现在开始每日努力，对于《论语》中的"九思"，《玉藻》中的"九容"，要努力做到。在下属面前庄重，下属自然会敬重你。习惯成自然，日久可以成大器，才不至于说一场空话，四五十岁仍然默默无闻。

曾国藩家书

包容是一种海纳百川的心境。

今注 年少时，我们往往血气方刚，在某些事情上容易争强好胜，甚至因此伤害到彼此。要知道，大海既容纳了清净的水，也容纳了浑浊的水，渐渐变得浩瀚无边。包容并不意味着无原则地忍让或压抑自己的情绪，而是学会适度表达、有效沟通。这样我们才能以开放的心态面对一切难题。

包容他人当学会糊涂

　　然官场中多不以我为然。将来事无一成，辜负皇上委任之意，惟有自愧自恨而已，岂能怨人乎？怨人又岂有益乎？大抵世之乱也，必先由于是非不明、白黑不分。诸弟必欲一一强为区别，则愈求分明，愈致混淆，必将呕气到底。愿诸弟学为和平，学为糊涂。

　　大意 但官场中大多数人认为是我不对。将来一事无成，辜负了皇上的委任之意，只有惭愧悔恨了，怎么能埋怨别人吗？埋怨别人又有什么好处吗？大概世道的混乱，必定先是因为是非不明、黑白不分。各位弟弟如果想一一强作区别，那么越想分明，越是混淆，必将怄气到底。但愿各位弟弟学会心平气和，学会糊涂。

曾国藩家书

　　今注 在生活中，和朋友的意见产生分歧，无法说服对方时，我们可以微笑着放弃。要认识到每个人都有自己的表达方式，我们要接纳这种差异，不因过度争辩而导致情绪低落或烦躁。要给双方的情绪放个假，我们可以转个身，专注去做更重要的事情。

第11课 诚信，是情绪稳定的基石之一

诚以养德，信以立身

恭为德首，慎为行基。愿汝等言则忠信，行则笃敬，无口许人以财，无传不经之谈，无听毁誉之语。闻人之过，耳可得受，口不得宣，思而后动。若言行无信，身受大谤，自入刑论，岂复惜汝？

大意 谦恭是道德的纲领，谨慎是行动的根本。希望你们说话诚实可信，行为忠厚恭敬，不空口许诺给人钱财，不要传播缺少依据的言论，不要听信别人诽谤或赞美的话语。如果听到别人的过错，耳朵听了就行了，嘴上不要讲出去，做事时要深思熟虑后再行动。如果说话做事不诚信，自身受到指责抨击，甚至落得以刑罚论处，到那时谁还会怜悯你们呢？

羊祜《诫子书》

今注 诚实守信是一个人最基本的道德品质，也是一个人情绪的稳定剂之一。诚实是对他人的，也是对自己的。它使我们在情绪波动时，诚实地面对自己的内心世界，坚守原则，保持稳定和理智。守信帮助我们拥有良好的人际关系，以更加积极乐观的状态面对困难。

诚信为立身处世之本

立志以明道，希文自期待；立心以忠信，不欺为主本；行己以端庄，清慎见操执；临事以明敏，果断辨是非；又谨三尺，考求立法之意而操纵之：斯可为政，不在人后矣，汝勉之哉！治心修身，以饮食男女为切要，从古圣贤，自这里做工夫，其可忽乎？

大意 立志领会圣贤之道，期待自己成为范仲淹（字希文）一样的人；立心忠厚守信，以诚实为立身处世之根本；行为端庄稳重，操守清廉谨慎；处理事情精明敏捷，果断辨别是非；谨慎执法，考求立法的原意：以此为官做事，你的成绩就不会落后于人了，你自我勉励吧！修养身心，要把基本生活需求作为十分紧要的事，自古圣贤都由此入手下功夫，怎可忽视呢？

胡安国《与子寅书》

今注 在这封家书中，胡安国主要跟儿子讲了为官的原则，为官要忠诚守信、遵守法则。可见，诚信为立身处世之本，自古圣贤皆信守之。一个诚信守信的人，内心会更加坦荡，在人际交往中少了很多勾心斗角，会更加积极、阳光地面对各种挑战。

诚信要落实到行动中

　　自己责备自己而没有行动表现，我是最不赞成的。这是做人的基本作风，不仅对某人某事而已，我以前常和你说的，只有事实才能证明你的心意，只有行动才能表明你的心迹。待朋友不能如此马虎。生性并非"薄情"的人，在行动上做得跟"薄情"一样，是最冤枉的，犯不着的。正如一个并不调皮的人要调皮而结果反吃亏，一个道理。

....

　　一切做人的道理，你心里无不明白，吃亏的是没有事实表现；希望你从今以后，一辈子记住这一点。大小事都要对人家有交代！

傅雷家书

　　今注 我们要明白，考虑千次，不如做一次；犹豫万次，不如实践一次。行动才是诚信的真诚表达，会营造一个更加和谐的环境。在这样的环境中，我们才更容易得到他人的理解和支持，他人的理解和支持会增加我们的信心，帮助我们以更加积极的状态继续前行。

谨慎许诺是好事

当然，要把计划付诸实行必须要有坚强的意志，但这不是小事，而是持家之道，也是人生艺术的要素。事前未经考虑，千万不要轻率允诺任何事，不论是约会或茶会，否则很容易会为践诺而苦恼。为人随和固然很好，甚至很有人缘，但却时常会带来不必要的麻烦，我常常特别吝惜时间（在朋友中出了名），很少跟人约会，这样做使我多年来脑筋清静，生活得极有规律。我明白，你们的生活环境很不相同，但是慎于许诺仍是好事，尤其是对保持聪的宁静，更加有用。

傅雷家书

今注 谨慎许诺不仅是一个人诚信与责任感的体现，也会影响着个人的情绪状态。当许诺完却无法践行时，我们可能会产生焦虑和压力，朋友间也会因此产生摩擦。

不诚信，难自安

外间求作文、求写字者，求批改诗文者，往往历久而莫偿宿诺，是以时时抱疚，日日无心安神恬之时。

大意 对于外面来求作文章、求写字、求批改诗文的人，往往过去了很久自己都不能兑现许下的诺言。为此，我时时心怀内疚，天天没有心神安静的时候。

曾国藩家书

今注 人无信不立，无信难自安。对于未兑现的承诺，我们应时刻铭记在心，一旦有机会，立刻付诸行动，要尽量减少因无法实现承诺而产生的负面情绪，进而影响自己的生活。

凡受人敬重者不乏诚信

　　总之不贪财、不失信、不自是，有此三者，自然鬼服神钦，到处人皆敬重。此刻初出茅庐，尤宜慎之又慎。若三者有一，则不为人所与矣。

　　大意 总之不贪图钱财、不失掉诚信、不自以为是，有这三样，自然神鬼都会钦服，不管到哪里都会受人敬重。这时初出茅庐，更要慎之又慎。如果三样有一样没做到，那就不被人所赞许了。

曾国藩家书

　　今注 我们要始终坚守诚信，诚信是没有老师监督，我们也能认真遵守考场规则；没有交警值班，我们也不会闯红灯；没有图书管理员的提醒，我们也会按时归还借阅的图书。诚信能让我们感到更加充实和满足，这种正面情绪又会激励我们继续保持良好的行为习惯。

第12课 别忘了说"谢谢"，它能使人快乐加倍

施惠勿念，受恩莫忘

施惠勿念，受恩莫忘。凡事当留余地，得意不宜再往。人有喜庆，不可生妒忌心。人有祸患，不可生喜幸心。善欲人见，不是真善。恶恐人知，便是大恶。

大意 帮助了别人，不要念念不忘；受了别人的恩惠，不要忘记报答。做一切事情应当留有余地，得意时须知足。别人有喜庆之事，不要有忌妒之心；别人有了祸患，不可有幸灾乐祸之心。做了善事就想让别人知道，这不是真正的善良；做了坏事又害怕别人知道，那就是更大的罪恶。

朱子家训

今注 如果受了别人的恩情，可能是雪中送炭的援助之恩，可能是指点迷津的引路之恩……我们一定要及时表达感谢，并且莫忘报答。

不炫耀、不忘恩才是真善良

　　人有恩于吾，则终身不忘；人有仇于吾，则实时丢过。见人之善，则对人称扬不已；闻人之过，则绝口不对人言。人有向你说，其人感你之恩，则云他有恩于吾，吾无恩于他，则感恩者闻之，其感益深。

　　大意 别人如果对我们有恩，我们一定不能忘记；别人如果跟我们有仇，转身就忘掉它。看到别人的优点，一定要称赞他；听说别人的过错，一定不要对其他人说。有人对你说某人十分感念你的恩惠，就说："是他有恩于我，并不是我有恩于他。"感恩的人听了，会更加感激你。

杨继盛《谕应尾、应箕两儿》

　　今注 在困境之中，若有人向我们伸出援手，我们应时刻铭记在心，一有机会便要回报其恩情。当对他人施以援手时，我们应保持谦逊，不要自视过高，更不要向其他人炫耀。真正的善良和慷慨，是施恩莫求报和受恩不忘记。

有时沉默并不是金

你并非是一个不知感恩的人，但你很少向人表达谢意。朋友对我们的帮助、照应与爱护，不必一定要报以物质，而往往只需写几封亲切的信，使他们快乐，觉得人生充满温暖。既然如此，为什么要以没有时间为推搪（táng）而不声不响呢？你应该明白我两年来没有跟勃隆斯丹太太通信是有充分的理由的。沉默很容易招人误会，以为我们冷漠忘恩，你很懂这些做人之道，但却永远不能以此来改掉懒惰的习惯。人人都多少有些惰性，假如你的惰性与偏向不能受道德约束，又怎么能够实现我们教育你的信条："先为人，次为艺术家，再为音乐家，终为钢琴家"？

傅雷家书

`今注` 有时候，我们心中充满了感激，却不太习惯用言语表达，这很容易令人误解。在某些特殊的日子里，不妨用文字表达出对父母和朋友的感激之情。在写信的过程中，我们会回忆起那些温暖的瞬间，再次感受到亲情的温暖和友情的珍贵。读信的人也会因此感到欣慰与感动。通过这种方式，我们可以让亲情和友情变得更加深厚。

时刻准备好说"谢谢"

这是多么伟大的深厚的友情！我们衷心感激，永远不会忘记的。我们一生中所能交往的朋友，没有一个不是忠诚老实，处处帮助我们的，总算下来，我们受之于人的大大超过了我们给人的，虽然难免内疚，毕竟也引以自傲。你在各地奔波，只要一碰到我们的知己好友，非但热诚的（地）招待你，还百般的（地）爱护你，好姆妈就是最显著的一个，她来信说，她"对你的热爱是无法形容的"，她爱你的造诣，更爱你的品德。这次在港演出，都是她的关系，给你介绍沈：一个品质高尚难能可贵的知友。为你样样安排得谨密周详，无微不至，代替了我们应做的事，而且比我们做得更好。你真要当她母亲一般看待，这种至情至意，在世态炎凉的社会中，哪里找得到呢！好好爹爹也有信来，他与往年一样充满了热情，因为你说还常记得他，使他更喜欢得如醉若狂，都在字里行间奔放出来，怎不令人兴奋！

傅雷家书

今注 世上没有无缘无故的爱。别人对我们的好，我们一定要牢记在心里，哪怕是回以一个亲切的笑脸、一句温柔的感谢，千万不要吝惜这些举动。人生没有多少来日方长，及时地对关心、爱护和帮助我们的人表达感谢，是一种感恩的表现，更是一种情感的交流，可以使双方都收获快乐。

感恩拥有

君子之处顺境，兢兢焉常觉天之过厚于我，我当以所余补人之不足。君子之处啬境，亦兢兢焉常觉天之厚于我；非果厚也，以为较之尤啬者，而我固已厚矣。古人所谓境地须看不如我者，此之谓也。来书有"区区千金"四字，其毋乃不知天之已厚于我兄弟乎？

大意 君子处于顺境的时候，战战兢兢，觉得老天对自己太宽厚了，我应该用自己有余的，去弥补别人的不足。君子处于逆境的时候，也战战兢兢，觉得老天对我的宽厚，不是真的宽厚，但比那些境况更不如自己的人，老天对我已经十分宽厚了。古人所说的境遇要跟不如自己的人比，就是这个道理。来信有"区区千金"四字，难道你们不知道老天已经对我们兄弟过于宽厚了吗？

曾国藩家书

今注 懂得感恩，懂得惜福。在生活中，我们常常被欲望驱动，总是将目光和期待落在那些我们想要却还没有得到的事物上，这样只会显示出自己的不知足，徒增我们的烦恼。不妨用心看看自己已经拥有的，我们是不是更应该珍惜和感恩自己已拥有的一切呢？

修身立德，回报祖国

欧阳氏自江南归朝，累世蒙朝廷官禄，吾今又被荣显，致汝等并列官裳，当思报效。偶此多事，如有差使，尽心向前，不得避事。至于临难死节，亦是汝荣事，但存心尽公，神明亦自佑汝，慎不可避思事也。

大意 我们欧阳家族自从在江南成为宋朝的子民后，承蒙朝廷的恩典几代为官；我如今又担任重要官职，荣耀显达，到你们这一代也取得了官职，应当想着报效朝廷。偶遇这样的多事之秋，朝廷如有差遣，你应该尽心竭力，挺身而出，不得逃避公事。至于遇到灾难，以死殉节，也是你的光荣；只要你诚心诚意尽公报国，神明自然会庇佑你，千万不要想逃避责任。

—————— 欧阳修《与十二侄》

今注 朝廷对欧阳修一家的恩惠，欧阳修铭记在心。当国家遇到困难时，欧阳修劝勉侄儿尽心竭力地为民做事，回报朝廷的恩情。这一思想放在今天依然适用。父母给了我们生命，国家给了我们安定的成长环境。我们当以赤子之心，好好修身立德，勤学上进，积极发展德智体美劳，以青春之我、奋斗之我，为民族复兴铺路架桥，为祖国建设添砖加瓦。

真正的朋友，

是保护我们情绪的宝石

朋友也会分疏

宗孟自己走的路太窄，成了老鼠入牛角，转不过身来，一年来已很痛苦，现在更甚。因为二十年来的朋友，这一年内都分疏了，他心里想来非常难过，所以神经过敏，易发牢骚，本也难怪，但觉得可怜罢了。

梁启超家书

今注 落叶知秋，落难知友。有些朋友一交便是一生，有些朋友走着走着就走散了。但不要难过，真正的朋友决不会轻易放弃友谊，也许你们距离遥远、学业忙碌，但同样可以通过电话、网络分享悲伤与欢乐。在人生道路上，愿我们都能获得美好的友谊，找到相伴长久的知心朋友。

谨慎交友，远离损友

交游之间，尤当审择，虽是同学，亦不可无亲疏之辨。此皆当请于先生，听其所教。大凡敦厚忠信、能言吾过者，益友也；其谄谀（chǎn yú）轻薄、傲慢亵狎（xiè xiá）、导人为恶者，损友也。推此求之，亦自可见得五七分，更问以审之，百无所失矣。但恐志趣卑凡、不能克己从善，则益者不期疏而日远，损者不期近而日亲。此须痛加检点而矫革之，不可荏苒渐习，自趋小人之域。

大意 交朋友，尤其要谨慎选择。即使是同学，也不能没有亲疏之分。这些要请教先生，听先生的教诲。敦厚忠信、能够指出自己错误的人，才是有益的朋友；阿谀奉承、轻薄傲慢、引导人做坏事的朋友，则是不好的朋友。按照这个标准寻找朋友，大概能看个五分到七分，再加上仔细考察，就几乎不会错了。但我担心你志趣平庸，不能克制约束自己、努力向善，这样好的朋友无意疏远也会日渐疏远，坏朋友不想接近却日益亲近。因此需要检讨自己，并下决心改掉坏习惯，不可一天天渐渐变成习惯，自行堕入小人的圈子。

朱熹《与长子受之》

今注 俗话说："近朱者赤，近墨者黑。"好的朋友是榜样、是帮手、是正能量的来源，坏的朋友是诱惑、是敌人、是负面情绪的传声筒。所以，我们在结交朋友时，一定要谨慎选择，要把人品放在第一位。人品好的人往往拥有良好的情绪管理能力，更加开放、包容。同时，我们也要接受和理解他人的情绪，共同营造良好的氛围。

真正的朋友能患难与共

　　然汝等虽不同生，当思四海皆兄弟之义。鲍叔、管仲，分财无猜；归生、伍举，班荆道旧。遂能以败为成，因丧立功。他人尚尔，况同父之人哉！

　　大意 虽然你们不是同一个母亲所生，却应当想到四海之内皆兄弟的道理。鲍叔、管仲分钱的时候，从不互相猜忌；归生、伍举（他们都是春秋时楚国人，还是很要好的朋友，后来伍举因罪逃到了晋国做官）久别重逢后，二人在路边铺上荆条坐下共叙旧情，相互鼓励。所以管仲能从失败走向成功，伍举能在离开故乡后立下大功。其他人尚且如此，何况是同一父亲的儿子啊！

陶渊明《与子俨等疏》

　　今注 真正的朋友，能够理解彼此的追求，历经人生风雨不离不弃；会在我们顺风顺水时，由衷地为我们感到高兴；会在我们遇到困境时，伸出援助之手；会在我们陷入情绪低谷时，给予我们鼓励。不论是获得成就还是遇到困难，都可以与朋友分享。

真棒！

尊敬优秀的人，其可为师为友

香海为人最好，吾虽未与久居，而相知颇深，尔以兄事之可也。丁秩臣、王衡臣两君，吾皆未见，大约可为尔之师。或师之，或友之，在弟自为审择。若果威仪可则，淳实宏通，师之可也。若仅博雅能文，友之可也。或师或友，皆宜常存敬畏之心，不宜视为等夷，渐至慢亵，则不复能受其益矣。

大意 香海的为人最好，我虽然没有与他长时间相处，但我们彼此了解很深，你可以把他当成兄长一样对待。丁秩臣、王衡臣两人，我都没有见过，但应该可以成为你的老师。或以其为老师，或以其为朋友，你可以自己判断选择。如果他有威严值得效法，淳朴实在，学识广博，可以以其为老师。如果他仅博学多才，能写文章，可以当朋友。不管是以其为师或是以其为友，我们都要有敬畏之心，不要将他们看轻，以至于渐渐生出怠慢、亵渎之心，否则就不能从他们那里得到益处。

曾国藩家书

今注 遇到比自己优秀的人，我们可以拜其为师，也可以与其交友，心怀敬畏之心、谦卑之心，不傲慢、不轻视，怀着钦佩与欣赏，保持开放与谦逊的心态，从优秀的人那里学到真东西，自己才能更好地成长。

恰当表达情绪是维系友谊的关键。

朋友之间会相互理解

平日你不能太忙。人家拉你出去，你事后要补足功课，这个对你精力是有妨碍的。还是以练琴的理由，多推辞几次吧。要不紧张，就不宜于太忙；宁可空下来自己静静的（地）想想，念一两首诗玩味一下。切勿一味重情，不好意思。工作时间不跟人出去，做成了习惯，也不会得罪人的。人生精力有限，谁都只有二十四小时；不是安排得严密，像你这样要弄坏身体的，人家技巧不需苦练，比你闲，你得向他们婉转说明。这一点上，你不妨常常想起我的榜样，朋友们也并不怪怨我呀。

傅雷家书

`今注` 很多时候，我们为了面子不好意思拒绝朋友的请求，担心朋友会因此生气，疏远自己。但真正的好朋友，是能够设身处地为我们着想的。我们不必为了迎合朋友而委屈自己，把一切负面情绪藏在心里，要勇敢地说出我们的想法，相信朋友一定会理解我们的。

真正的朋友能理解对方，
也不委屈自己。

与好学的朋友共同进步

习字，临《千字文》亦可，但须有恒。每日临帖一百字，万万无间断，则数年必成书家矣。陈季牧最喜谈字，且深思善悟。吾见其寄岱云信，实能知写字之法，可爱可畏！尔可从之切磋。此等好学之友，愈多愈好。

大意 练习书法，临摹《千字文》也是可以的，但是需要有恒心。每天临帖一百个字，千万不要间断，这样坚持练习几年后，一定能成为书法家。陈季牧最喜欢谈论书法，而且思考深入，有所领悟。我见过他写给岱云的信，确实是懂书法的，可爱可敬！你可以跟他切磋学习。像这样好学的朋友，越多越好。

曾国藩家书

今注 好学的朋友就像生活中的标杆，这样的朋友会引领我们不断进步。当我们确定了一个目标，又觉得自己无法坚持到底的时候，不要自暴自弃，沉湎于想象中的失败情绪，不妨和好学的朋友一起行动，向好学的朋友学习，共同进步。

父母之爱，是我们情绪的避风港

孩子是父母放不下的牵挂

我在世间，永没有逢到像你们样出肺肝相示的人。世间的人群结合，永没有像你们样的彻底地真实而纯洁。最是我到上海去干了无聊的所谓"事"回来，或者去同不相干的人们做了叫做（作）"上课"的一种把戏回来，你们在门口或车站旁等我的时候，我心中何等惭愧又欢喜！惭愧我为什么去做这等无聊的事，欢喜我又得暂时放怀一切地加入你们的真生活的团体。

丰子恺《给我的孩子们》

今注 父母对孩子的爱是最真挚和无私的。从做父母的那天起，父母就将全部的爱给了孩子，无微不至地呵护他们，为他们遮风挡雨，将他们养大。即使为了生活不得不在外奔波，孩子也是父母内心深处永远割舍不下的牵挂。所以即使是父母的唠叨，也要认真聆听，不要露出不耐烦的情绪。

母亲是不可磨灭的精神力量

　　在御河前晚步时，在寒风飘雪独自对灯思乡时，由南方想过去，想到沪、杭，想到兰、金，想到九间头后，最先想起的便是母亲！我常想着她在深夜后还在厨下东西收拾的情景；或想着天还未明，她已醒着不能再睡了，前后思索的情景。淋弟！树都有根，山泉也有潜源；我们可不信佛，我们只要皈依母亲！我以为在我们儿子面前，最伟大的便是母亲了！

潘漠华家书

　　`今注` 无论我们身在何处，一碗味道熟悉的手擀面，一句朴素而温馨的话语，都有可能勾起我们对母亲的思念。母亲是我们人生路上坚强的后盾，为我们提供精神力量，叮嘱我们不虚度年华，鼓舞我们努力奋进，在风雨中安慰我们、保护我们，给予我们能够迎接任何挑战的勇气。

父母之爱是理解和包容

　　唯儿女聪明不齐，不可勉强，致有损身心。我想，他们能粗识几个字，会点加减法，知道一点历史，便已够了。只要身体强壮，将来能学一份手艺，即可谋生，不必非入大学不可。假若看到我的女儿会跳舞演讲，有作（做）明星的希望，我的男孩能体健如牛，吃得苦，受得累，我必非常欢喜！我愿自己的儿女能以血汗挣饭吃，一个诚实的车夫或工人一定强于一个贪官污吏，你说是不是？教他们多游戏，不要紧逼他们读书习字；书呆子无机会腾达，有机会做官，则必贪污误国，甚为可怕！

老舍家书

　　`今注` 身体健康，能够尽自己努力学习知识，并能自力更生，这是大多数父母对子女的朴素的愿望。如果问谁是最理解和包容我们的人，那肯定是父母，父母之爱最宽容和无私。当我们因为失败悲伤难过时，父母会帮助我们寻找原因；当我们因为成功狂喜时，父母会劝我们保持冷静。正是有父母时刻的叮嘱，我们才会少走一些弯路。

每个孩子都是父母的心头肉

今寿春、汉中、长安，先欲使一儿各往督领之，欲择慈孝不违吾令，亦未知用谁也。儿虽小时见爱，而长大能善，必用之。吾非有二言也，不但不私臣吏，儿子亦不欲有所私。

大意 如今寿春、汉中、长安三地，我想各派一个儿子前去治理，我会选择孝顺、不违背我命令的，也还不知道用谁。儿子们在小时候我都很疼爱，长大后若是谁能成才，我一定重用他们。我不是说二话，我对臣子们没有偏心，我对儿子们也不想有偏心。

曹操家书

今注 在兄弟姐妹多的家庭里，孩子们有时可能会感到父母的"偏心"。但实际上，每个孩子都是父母的心头肉，父母尽自己所能关爱着每一个孩子。他们了解每个人的喜好，关注每个人的情绪，让我们充满了安全感与幸福感。因此我们也要与兄弟姐妹和睦相处，孝敬父母。

85

因为深爱，所以不舍和牵挂

一九五四年一月三十日晚

你走后第二天，就想写信，怕你嫌烦，也就罢了。可是没一天不想着你，每天清早六七点就醒，翻来覆去睡不着，也说不出为什么。好像克利斯朵夫的母亲独自守在家里，想起孩子童年一幕幕的形象一样；我和你妈妈老是想着你二三岁到六七岁间的小故事——这一类的话我们不知有多少可以和你说，可是不敢说，你这个年纪是一切向前的，不愿意回顾的；我们啰里啰唆的抖出你尿布时代与一把鼻涕一把眼泪时代的往事，会引起你的憎厌。孩子，这些我都很懂得，妈妈也懂得。只是你的一切终身会印在我们脑海中，随时随地会浮起来，像一幅幅的小品图画，使我们又快乐又惆怅。

一九五四年七月二十七日深夜

在外倘有任何精神苦闷，也切勿隐瞒，别怕受埋怨。一个人有个大二十几岁的人代出主意，决不会坏事。你务必信任我，也不要怕我说话太严，我平时对老朋友讲话也无顾忌，那是你素知的。并且有些心理波动或是郁闷，写了出来等于有了发泄，自己可痛快些，或许还可免做许多傻事。孩子，我真恨不得天天在你旁边，做个监护的好天使，随时勉励你，安慰你，劝告你，帮你铺平将来的路，准备将来的学业和人格。

孤独的感觉，彼此差不多，只是程度不同，次数多少有异而已。我们并未离乡背井，生活也稳定，比绝大多数人都过得好；无奈人总是思想太多，不免常受空虚感的侵袭。唯一的安慰是骨肉之间推心置腹，所以不论你来信多么稀少，我总尽量多给你写信，但愿能消解一些你的苦闷与寂寞。

傅雷家书

今注 父母是我们生命中最亲密的人。从我们出生那一刻起，他们便一直陪伴在我们身边，深情地关注着我们的一举一动，记录着我们的点点滴滴。有时，他们不是愿意回忆过往，只是不想忘记曾经可爱稚嫩的我们，不愿时光匆匆，我们转眼便长大而离家远去。

父母对我们的爱是伟大而无私的。他们希望我们开心顺遂，担心我们遭遇困境，乐于倾听我们内心的一切苦闷；希望能给我们安慰和鼓励，消除我们内心的孤独感，甘愿为我们保驾护航。所以，敞开心扉吧！和父母做朋友，坦诚和父母沟通，你的积极主动的理解与接纳同样使父母充满幸福。

至亲间也要委婉表达

　　五月廿九、六月初一，连接弟三月初一、四月廿五、五月初一三次所发之信，并"四书"文二首，笔仗实实可爱。信中有云："于兄弟则直达其隐，父子祖孙间不得不曲致其情。"此数语有大道理。余之行事，每自以为至诚可质天地，何妨直情径行。昨接四弟信，始知家人天亲之地，亦有时须委曲以行之者。吾过矣！吾过矣！

　　大意 五月二十九、六月初一，我连着收到了你三月初一、四月二十五、五月初一三天所发的信，以及"四书"两篇文章，文笔实在可爱。你在信中说："跟兄弟说话能够直截了当地表达，但是在父子、祖孙之间就不得不委婉地表达自己的内心了。"这几句话大有道理。我做事，常常自认为诚心可至天地，直截了当地表达感情也没有什么不好。昨天看了四弟的信，才明白即便是至亲，有时候也要委婉地表达。这是我的错，我的错呀！

曾国藩家书

　　今注 对待亲人，仅仅有一颗真诚的心还不够，还要讲求说话、做事的方式，不可直言伤人。在许多情况下，孩子与父母之间由于表达方式过于直接，常常产生误解和争吵。为了改善这种情况，我们不如换一种委婉的沟通方式，少一些激烈的情绪化的言辞，也许会有意想不到的收获。

第15课 良师引路，让我们更加昂扬

良师引领我们改变

　　达达、司马懿（梁启超对女儿梁思懿的戏称）半年来进步极速（六六亦有相当进步）。当初他们的先生将一年功课表定了，来问我，我觉得太重些，他先生说可以，现在做下去，他们兴味越来越浓。大概因为他先生教法既好，又十二分热心，所以把他们引上路了。他们——尤其是达达，对于他的先生又恭敬又亲热，每天得点零碎东西吃，总要分给先生。先生偶然出门去便替他留下，看达达样子像觉得除爹爹、娘娘外，天下可敬可爱之人没有过他的先生了。

梁启超家书

今注 千里马遇到伯乐，迎来了腾飞；钻石遇到雕刻师，绽放出光彩；人遇到良师，如逢甘霖。优秀的老师，不仅教给我们知识，还会在言行举止上引导我们。他们会在我们没有信心时，给予鼓励；在我们得意时，给予劝诫，帮助我们缓解情绪困扰，恢复积极心态。

良师使我们进步

　　你的批评精神越来越强，没有被人捧得"忘其所以"，我真快活！你说的脑与心的话，尤其使我安慰。你有这样的了解，才显出你真正的进步。一到波兰，遇到一个如此严格、冷静、着重小节和分析曲体的老师，真是太幸运了。经过他的锻炼，你除了热情澎湃以外，更有个钢铁般的骨骼，使人觉得又热烈又庄严，又有感情又有理智，给人家的力量更深更强！

傅雷家书

　　今注　能够遇到一位优秀的老师，是人生中一件多么幸运的事！优秀的老师坚持教书和育人相统一，不仅能给予我们学业上的指导，还能给予我们思想上的启发和引导，让我们取得进步，变得积极向上、热情洋溢、坚强勇敢、谦虚理智。

得遇严师应感到欣喜

今年有得意之事两端：一则弟在吉安声名极好，两省大府及各营员弁、江省绅民交口称颂，不绝于吾之耳；各处寄弟书及弟与各处禀牍信缄，俱详实妥善，犁然有当，不绝于吾之目。一则家中所请邓、葛二师品学俱优，勤严并著。邓师终日端坐，有威可畏，文有根柢（dǐ），而又曲合时趋，讲书极明正义，而又易于听受。葛师志趣方正，学规谨严，小儿等畏之如神明。

大意 今年有两件得意的事情：一件是弟弟在吉安名声很好，两个省的长官、各大营的文武官员、江西省的绅士百姓，都赞不绝口，我经常听闻他们对弟弟的夸赞。各处给弟弟的信件，弟弟回复的信件，内容都很详细、实在，处理事情也很妥善，这些我都有看到。还有一件是家里请的邓老师和葛老师，品学兼优，教学勤恳且严格。邓老师每日坐姿端正，有老师的威严，写文章有根底，而且能与时势相结合，讲课很明正义，又容易为学生接受。葛老师很严肃，规矩严谨，孩子们都对他心存敬畏之心，有如神明。

曾国藩家书

今注 俗话说："严师出高徒。"严师通常有渊博的知识、高超的教学方法、高尚的人格，能使我们得到磨炼，少走弯路，让我们更加优秀。老师的严格要求，源自他们认真负责的态度，我们应该感恩严师的付出，将他们的教诲铭记在心，不要心生抵触，抗拒学习与成长。

师恩难忘

病已愈，不至悬悬。连日曾刚丈在此谈燕甚乐，熊秉丈继来，政界俗谈又刺耳刿心矣。有石星巢先生，吾少年受业师，贫不能自存，哀属我为觅事，不得已请作书记。然亦不过拟移家归后乞其授思成辈学，分简叔之劳。此老旧学尚好，吾十五六时之知识，大率得自彼也。

大意 我的病已经痊愈，不用再挂念。这几天曾刚丈在这里聊天，我们相谈甚欢。熊秉丈也来了，聊了一些政界的事情，心情不是很好。还有石星巢先生，他是我少年时跟随学习的老师，生活有些困难，嘱托我帮他找工作，不得已请他作为文案助理，但是打算等搬家之后就请求他当思成的老师，分担简叔的辛苦。石先生是特别有学问的人，我十五六岁时学习到的知识大都来自他。

梁启超家书

今注 梁启超在家书中提及他的老师石星巢先生，当得知老师在生活中遇到困难时，梁启超答应帮助他。如果说父母是孩子的第一任老师，那么老师无疑是孩子的第二任父母。对老师毫无保留的教导，我们要常怀感激之情。